KB271868

1월 0일

FUSION FANTASTIC STORY
진호철 장편 소설

1월 0일 1

진호철 장편 소설

초판 1쇄 찍은 날 § 2011년 12월 21일
초판 1쇄 펴낸 날 § 2011년 12월 28일

지은이 § 진호철
펴낸이 § 서경석

편집부장 § 권태완
편집책임 § 주소영

펴낸곳 § 도서출판 청어람
등록번호 § 제1081-1-89호
등록일자 § 1999. 5. 31
어람번호 § 제1-1309호

주소 § 경기도 부천시 원미구 심곡2동 163-2 서경B/D 3F (우) 420-822
전화 § 032-656-4452 팩스 § 032-656-4453
http://www.chungeoram.com
E-mail § chungeoram@chungeoram.com

ⓒ 진호철, 2011

ISBN 978-89-251-2720-0 04810
ISBN 978-89-251-2719-4 (세트)

1
1억년
FUSION FANTASTIC STORY
진호철 장편 소설
도서출판 청어람

CONTENTS

Chapter 01

힉스 입자와의 첫 만남

1월 0일

"포항에 갈래?"

전부터 아는 형님의 권유였다.

"일당은요?"

"딴 데보다 세."

"갑니다."

두말할 이유가 없었다.

그러나.

그게 시작임은 이주찬은 아직 몰랐다.

힉스 입자!

뉴스로만 들었던 바로 그놈이 찾아왔다.

그날은 인생이 다시 출발한 1월 0일이었다.

　10월 중순이었다. 한반도 기상이변으로 영하의 강추위가 기승을 부리는 날씨였다.

　포항공대.

　한국 유일의 입자가속기가 있는 곳이자 이공계 최고 명문 대학이다.

　'가을 맞아? 더럽게 춥네.'

　오늘 그곳 시계탑에는 한 청년이 발을 동동 구르며 열심히 일하고 있었다.

　허름한 작업복.

　누가 봐도 막일꾼이다.

　바닷가인 포항이라 세찬 바닷바람과 찬 공기가 마주치며 더욱더 칼바람을 온몸으로 쏘아붙였다.

　시계탑 위에서 고함이 들렸다.

　"야! 스패너 올려봐!"

　"예!"

　청년은 얼른 대답하고 10미터에 달하는 사다리를 타고 기어 올라가 스패너를 건네주었다.

　"얼른 내려가 봐."

　불퉁스런 말투로 위에서 일하던 40대 남자가 지시했다.

　"수고하세요."

　다시 내려온 청년. 키가 185cm는 되어 보였고 검게 탔지만 이목구비가 또렷해 어딘지 모르게 매력적인 얼굴이다.

우수에 찬 스타일이랄까.

낡은 작업복 차림이라도 남들과 다른 묘한 분위기를 풍겼다.

탁탁.

발에 동상이라도 걸릴세라 열심히 발을 구르는 청년.

그는 서울시립대 생명과학과 3학년 이주찬이란 이름을 가진 스물다섯 살의 팔팔한 청춘이기도 했다.

"돈 벌기가 쉽진 않지."

투덜거리면서도 밝은 표정인 건 일당이 센 일이란 생각 때문이다.

서울서 멀리 포항까지 온 것은 오로지 일당 때문이다. 일당이 다른 데와 달리 8만 원에 달하는 거금이었다.

이틀만 일해도 16만 원, 거기다 왕복 교통비와 숙식은 공짜다.

최고의 조건 그 이전에 주찬의 시선을 사로잡는 건 하나의 장치였다.

입자가속기.

포항공대에 설치된 한국에서 하나밖에 없는 장치다. 멀리 보이는 입자가속기를 바라보던 시선에 선망이 잔뜩 서렸다.

"이거 짓는 데 200억이 들었다나?"

천문학적인 액수만큼 어마어마한 규모를 자랑했다.

"하긴 스위스에 있는 것에 비하면 새 발의 피지."

비록 스위스에 있는 수십억 달러짜리 입자가속기와 비교조

차 불가능했지만 그래도 한국에 하나밖에 없다는 입자가속기
는 보는 이의 시선을 압도했다.

여기에 온 일꾼들은 시계탑 고장 수리를 위해 A/S 차 온 사
람들이다.

그 기술자들을 따라온 주찬은 잔심부름을 맡은, 이른바 일
당 잡부 역이었다.

휘잉.

또 한 번 칼바람이 얼굴을 정통으로 때리자 절로 몸이 움츠
러들었다.

"바람 한번 더럽게 부네."

연신 나오는 투덜거림이 전부였다. 시계탑 수리는 꼬박 하
루가 지나서야 겨우 일이 끝났다.

"야, 늦었으니까 하룻밤 자고 가자."

주찬은 기술자의 말에 무조건 따라야 되는 입장이었다. 봉
고차에 빌붙어 온 처지라 혼자 가려면 차비도 만만치 않았다.
숙소에 들어서자마자 바로 봉투 하나가 건네졌다.

"수고했어."

슬쩍 열어보니 웬걸, 신사임당 아줌마가 네 개나 있는 게 아
닌가?

주찬이 욕심을 꾹 참고 힘들게 말했다.

"이거 돈이 많이 온 거 같은데요?"

"4만 원은 인마, 장거리 출장 수당이야."

그 말만 던지고 바로 샤워실로 들어가는 기술자였다. 졸지

에 횡재한 기분이다.

4만 원이 어디인가?

‘4만 원이면 컵라면이 최소한도 60개다.’

한 달을 거뜬히 먹을 수 있는 식비를 공짜로 번 기분이다.

주찬이 맨 마지막으로 샤워를 마치고 나자 다들 곯아떨어진 모습이 제일 먼저 보였다.

드르렁.

피곤한지 기차 화통을 삶아 먹은 콧소리가 요란했다. 저 아수라장에서 잠들기도 쉽지 않아 보였다.

“걷다가 피곤하면 오자.”

그게 차라리 속 편했다. 주찬은 조용히 숙소를 나와 낮에 본 곳으로 향했다.

“멋지긴 하네.”

어느새 입자가속기가 제일 가까이 보이는 곳에 섰다. 생각 같아선 만지고 싶었지만 그쪽은 외부인 출입 금지 구역이라 아쉬움을 달랬다.

바라보기만 해도 가슴속에 진한 한 가지 염원이 치밀어 올랐다.

‘이런 데서 일했으면 좋겠어.’

아직은 꿈같은 이야기였다.

한국의 두뇌들이 모인 곳이라는 곳이 포항공대다. 거기서도 난다 긴다 하는 인물들이 여기서 일하고 있으리라. 거기에 자기가 낀다는 건 아직 꿈도 꾸기 힘든 일이었다.

다만 누가 뭐래도 꿈은 자유로웠다.

‘꿈꾸는 게 뭐 죄냐?

지겨운 줄 모르고 한없이 바라보는 주찬의 얼굴이 유난히 밝았다.

그도 과학도.

이런 기계를 보니 절로 마음이 동했다.

“들어가 봐?”

호기심이 당기자 두리번거렸다. 다행히 순찰 도는 경비도 안 보였다.

훅.

별로 높지 않은 담장을 가볍게 넘자 짜릿한 기분이다. 사방을 살피며 조심스레 입자가속기 쪽으로 걸음을 옮겼다.

“스릴있네.”

중얼거리며 드디어 입자가속기 앞에 섰다.

여기가 한국 첨단과학이 움직이는 곳이란 생각이 들자 뭔가 모르게 가슴이 벅차올랐다.

충동에 못 이겨 입자가속기에 손을 댔다.

알지 못할 기분이 가슴속에 피어나는 느낌이 좋았다.

우웅.

귓가에 이상한 소리가 들렸다.

‘작동 중인가?

호기심에 귀를 찬 쇠덩이에 붙이자 소리는 더 크게 들렸다.

“실험하나 보네.”

혼잣말을 지껄인 바로 그때였다.

지직.

강철이 깨지며 귀에 거슬리는 음향이 들렸다. 놀라 얼른 뒤로 물러서려 했으나 이미 늦었다.

펑!

갑자기 입자가속기 한곳이 터지며 하얀 빛이 쏘아져 오는 것을 느꼈다.

"어, 어, 어."

미처 피하지도 못할 가공할 빠르기.

퍽!

빛에 정통으로 얻어맞자 온몸을 마치 쇠망치로 맞는 듯한 충격과 함께 3미터는 붕 날아간 주찬이다.

퍽!

땅에 쓰러지자마자 충격에 그대로 정신을 잃었다.

얼마나 지났을까.

"으윽."

신음과 함께 찬 공기에 정신을 다시 차린 주찬이 비틀거렸다.

"썩을!"

온몸이 마치 물에 푹 젖은 스펀지처럼 축 늘어지는 기분이다.

아직 밖은 체감온도가 영하권인 강추위였기에 살짝 두려

왔다.

저체온증.

주찬은 그 단어가 떠오르자 허둥지둥 서둘렀다.

"이러다 얼어 죽어."

비틀거리면서 죽을힘을 다해 숙소를 향해 움직였다.

"썩을."

몽롱한 정신이 이어지자 어디가 동인지 서인지 구분하기도 힘들었다. 주찬은 비틀거리며 기를 쓰고 숙소 쪽을 향해 발길을 옮겼다.

그러나 이미 방향 감각을 잃은 몸은 자신도 모르게 포항공대 뒷산 속으로 방향을 잡고 있었다.

아차 싶은 마음이다.

"여기가 어디야?"

두려움이 본격적으로 밀려왔다. 산 깊은 곳에 들어가자 자신도 모르게 푹 쓰러져 버린 주찬이다.

위잉!

차가운 밤바람이 불어왔다. 마치 얼어죽일 듯한 추위가 주찬의 몸으로 스며들려는 순간 묘한 일이 벌어졌다.

탁!

가벼운 소리와 함께 모든 바람이 주찬의 주위를 산들바람처럼 맴도는 것이 아닌가?

자연의 법칙을 간단히 무시한 채 그렇게 주찬은 한동안 정신을 잃었다.

한편 입자가속기 연구실에서는 난리가 났다.

"뭐야!"

"입자가속기에서 뭔가 새어나갔습니다."

"어디가 터진 거야?"

"좌측 30미터 지점입니다."

"확인해 봐! 빠져나간 물질은?"

"아직 확인이 안 되고 있습니다. 뭔가 이상한 물질이 발견된 거 같은데 감이 안 잡힙니다."

"데이터 체크해 봐! 그리고 당장 나가서 다친 사람이 있나 확인해!"

외치는 소장의 목소리가 날카로웠다. 혹시나 무슨 큰일이 벌어졌을까 봐 가슴이 조마조마한 것도 사실이다.

정신없이 뛰어 연구소 밖에 나갔던 연구원들이 터진 부분을 살펴보고 고개를 저었다.

"여기가 터진 거 같은데?"

"혹시 다친 사람 없는지 주변을 살펴봐."

플래시를 비추고 여러 군데 살펴봤지만 아무 이상도 없었다.

안도의 한숨을 몰아쉬며 연구원 한 명이 무전기를 들고 바로 소장에게 보고했다.

"별 이상 없습니다."

"알았어. 들어와."

　소장의 관심은 이미 딴 곳에 쏠려 있었다. 데이터상에 알지 못할 미지의 물질이라는 뚜렷한 신호가 잡혀 있었다.

　"이건 뭐지? 혹시?"

　소장은 새로운 발견이라도 놓친 듯 영 아쉬웠다.

　소장이 모르는 일이 또 있었다.

　이번에 포항공대 입자가속기에서 사라진 건 기본 모형 입자 가운데 유일하게 발견되지 않은 힉스 입자, 이른바 신의 입자란 전설의 존재였다.

　반물질 중 반수소는 발견됐지만 힉스 입자는 아직 그 존재조차 알 수 없었다.

　과학도들이 그토록 바라던 바로 그 물질이다. 데이터상에도 미지로 남은 힉스 입자가 우연인지 필연인지 아주 잠깐 존재를 보였다가 주찬의 몸으로 스며들었다.

　소장 입장에선 모르기에 차라리 편한 일일지도 몰랐다.

　알았다면?

　화병이라도 나 병석에 누울 판이다.

　"알 수가 있어야지."

　연구 데이터가 다 시작하자마자 터져 나가 모든 것을 알 수는 없었다. 소장은 답답함에 머리를 쥐어짰다.

　"빌어먹을 기계."

　만약 터지지 않았다면 뭔지는 몰라도 확실한 데이터를 얻을 수 있었다. 그렇다면 세계 최초란 명성과 함께 포항공대는 물론 자신의 명성도 과학계에서 휘날리게 될 일일지도 몰랐다.

"젠장."

자신도 모르게 욕설이 나왔다. 하지만 분명한 건 아무것도 없었다.

"또 되겠지."

오로지 희망에 불타오를 뿐이다.

한편 기절했던 주찬은 다음날 아침이 돼서야 눈을 떴다.

"어? 아이고, 골이야."

갑자기 머리를 파고드는 두통이 격렬하게 진동했다. 머리를 부여잡고 한동안 고통에 몸부림치던 주찬이 정신을 차린 것은 한 시간이 훌쩍 넘어선 후였다.

"아, 이거 뭐지?"

도무지 종잡을 수가 없었다. 입자가속기를 몰래 둘러보다 갑자기 하얀 빛에 맞은 것은 분명히 기억했다.

하지만 그게 뭔지는 알 수가 없었다. 주찬은 몰랐지만 그건 반물질 중 유일하게 이론상에서만 접할 수 있던 힉스 입자였다.

워낙 신비해 신이 만들었단 바로 그 반물질이었다.

주찬은 격렬한 두통이 겨우 멎은 틈을 타 숙소로 향했다. 숙소에는 이미 아무도 없고 모두 떠난 후였다.

"올라가셨군."

　분명히 자신 짐이 있건만 매정하게 떠난 사람들이다. 이게
세상 사는 일이지도 몰랐기에 뒤늦게 주섬주섬 짐을 챙겨 터
미널로 향하는 주찬은 씁쓸한 기분이다.
　반사적으로 휴대폰을 보니 문자 하나가 보였다.

　어딜 간 거야? 다음 스케줄이 있어 먼저 간다.

　"썩을 세상, 내 돈으로 올라가야 되네."
　같이 갔다면 봉고차로 편안하게 서울까지 갈 수 있었다. 그
런데 이제는 일행을 놓친 이상 기차나 버스로 올라가야 할 처
지였다.
　"4만 원이 공돈이 아니었어."
　추가로 받은 일당이 고스란히 차비로 날아갔다. 씁쓸한 기
분으로 고속버스 터미널로 향한 주찬이었다.

　서울로 올라온 후에도 계속 두통은 이어지고 있었다.
　"골 아파."
　주찬은 아직 몰랐지만 힉스 입자를 뒤집어쓴 여파였다. 힉
스 입자, 그건 상상외로 신비한 존재였다.
　인간으론 상상조차 하기 힘든 일이 우연찮게 주찬에게 펼쳐
졌다.
　다만 현실은 씁쓸했다.
　시간이 흘러도 머리가 지끈거리는 현상이 시도 때도 없이

20 1월 0일

나타났다.

마치 바늘로 머리 전체를 한꺼번에 찔러대는 듯한 아픔은 겪어보지 않은 사람은 상상조차 못할 것이다.

차라리 머리를 통째로 분해하고픈 충동마저 일었다.

"두통이 아예 사네."

짜증 서린 중얼거림이 절로 나왔다. 한동안 고통에 시달리다 겨우 가라앉은 시간.

조금은 생각할 여유가 생겼다.

이대로라면?

정상적으로 살아갈 자신이 없다.

"재수도 더럽게 없지."

돈에 눈멀어 한 아르바이트가 얼마나 위험했는지 실감했다.

꼬르르.

배에서 뭔가 달라고 소리쳤다.

"썩을. 하루에 세 번씩 달라는 놈은 너뿐이야."

그래도 먹어야 사는 게 인생이다. 주찬은 라면 한 봉지를 들고 가스레인지로 향했다.

배를 채우니 이젠 다른 걱정이 생겼다.

아픔은 둘째치고 일단 학교는 가야 했다. 포항 일은 금, 토를 이용한 주말 아르바이트였기에 올라온 건 일요일 오후였다. 그러나 두통에 시달리다 보니 어느새 월요일이다.

출석이 성적의 첫 발자국이기에 주찬은 두통약을 세 알이나 털어 넣고서야 집을 겨우 나섰다. 지하철에 오르자 두통이 다시 발작했다.

"으."

작은 신음이 절로 나왔다.

주춤.

옆에 섰던 젊은 여자가 얼른 몇 걸음 물러섰다.

마치 벌레를 보는 듯한 시선.

엉겁결에 지하철 창에 비친 자신 모습을 정확히 봤다.

초췌한 얼굴.

누가 봐도 올바른 용모는 아니다. 두통에 시달리다 보니 나온 현상이다.

"인생 망가지는 거 순간이네."

씁쓸했지만 꿋꿋하게 자리를 지켰다. 여기서 피한다면 더 초라해질 뿐이기에 오기로 버틴 지하철 승차기였다.

주찬은 서울시립대 정문을 들어서서 길게 기지개를 켰다. 오랜 시간 다녔던 학교라 익숙했지만 오늘따라 유난히 반가웠다.

"아자!"

여태껏 삶의 현장이다.

여기서 무너지면 더 갈 곳이 없다. 돈은 물론 배경이라곤 눈 씻고 찾아봐도 전혀 없다. 오로지 살아남는 건 실력뿐이다.

애써 들어온 대학이다.

여기서 뭔가 이루지 못한다면 사회 낙오자가 될 뿐이다.

강의실에 들어서자 주찬의 유난히 파리한 안색을 보곤 과 친구들이 달려왔다.

"괜찮아?"

"정상으로 보이냐?"

"아니."

"그럼 됐어."

긴말조차 하기 싫었다.

"많이 아프냐?"

"머리를 떼놓고 살고 싶다."

"자식."

친구들은 걱정 어린 시선이다. 그러나 당사자가 아니라면 절대 모를 사정이기도 했다.

"원래 인생이 혼자지, 뭐."

스스로 위안할 뿐이다.

첫 강의를 듣던 주찬은 솔직히 실망했다.

두통이 밀려오자 교수 목소리가 멀리서 들리는 종소리?

그 이상은 절대 아니었다.

절망감이 피어날 무렵.

세차게 고개를 저었다.

'나 이주찬이야.'

이리 무너지려고 열심히 살아온 게 아니다. 그 마음으로 애써 희망의 끈을 힘껏 부여잡았다.

그래도 바뀌는 것이 없단 게 문제라면 문제였다.

“썩을 세상.”

절로 한탄이 나온 건 이제 삼 일 후면 중간고사다. 시험이 문제가 아니라 목돈이 걸린 일이다.

장학금.

여태껏 죽을힘을 다해 받아오긴 했다. 물론 등록금을 집에서 내줄 수도 있지만 그건 아니다. 동생 둘도 이미 대학생이다.

세 명 등록금.

서민 가정에선 그야말로 견딜 수 없는 거액이다.

“우골탑이라더니.”

학생들의 뼛골을 빨아 살아가는 대학이란 존재가 새삼 더럽게 느껴지며 선배들이 한 말이 실감났다.

강의시간이 끝나자마자 과 친구들이 몰려왔다.

“주찬아, 괜찮아?”

“견딜 만해.”

말하기도 귀찮아 서둘러 강의실을 나섰다.

강의를 다 듣고 집으로 돌아온 주찬이 의자에 앉았다.

공부는 해야 할 텐데 책만 보면 머리가 깨질 듯 아팠다. 이를 악물고 글자를 노려봤지만 돌아오는 건?

심한 두통뿐이다.

몇 번이고 시도했지만 종내 지쳐 침대에 나자빠졌다.

“이런 개 같은 일이.”

하늘이 원망스러웠다.

심한 두통은 생각마저도 흐릿하게 만들 정도였다. 다 포기하고 자려 했으나 그도 만만한 일이 아니다.

밤새 두통에 시달리는 시간.

"크아아!"

차라리 죽고 싶다.

몇 번이나 몸부림치다가 지쳐 포기한 채 깊은 잠에 빠졌다. 평소라면 일주일 전부터 밤새우고 시험 보는 게 당연했지만 오늘만은 달랐다.

"가서 물어봐?"

다음날 주찬은 포항공대에 갈 생각마저 품었다.

그러나 이내 고개를 저었다.

"가서 뭐라고 해?"

갑자기 하얀 빛에 맞아서 두통이 생겼으니 책임지라고 떠들 건가?

미친놈 소리 듣기 아주 좋았다. 그렇다고 허락없이 입자가 속기 근처에 몰래 들어간 걸 자백할 수도 없다.

하소연해 봐야 경찰 수사만 기다린단 건 뻔한 일이다. 절로 어깨가 축 처졌다.

일단 나중은 몰라도 현재로선 바람직한 방법이 아니란 판단이 섰다.

주찬은 고민 끝에 학과장을 찾아 자초지종을 설명했다. 가만히 듣던 교수가 주찬을 빤히 쳐다봤다.

다른 학생이라면 콧방귀 뀔 일이지만 평소 모범생이던 주찬의 말이라 신뢰한 모양이다.

"그래서 시험 못 보나?"

"노력은 해보겠습니다."

"알았어. 나중에 상황 보고 이야기하지."

그것으로 면담은 끝이었다. 인사하고 나오는 주찬은 마음이 참담했다.

"썩을 세상."

드디어 중간고사 첫 시험.

자리에 앉은 창백한 안색의 주찬을 과 친구들이 걱정스레 바라봤다.

"공부 좀 했어?"

"아니. 두통이 심해서."

"이거라도 봐라."

건네주는 건 커닝 페이퍼.

얼떨결에 받았지만 글자만 봐도 어지러웠다.

"됐어."

있어봐야 무용지물이다. 공연히 보려고 인상 쓰다가 교수한테 걸린다면 개망신살만 뻗친다.

그저 혹시나 하는 마음뿐이다. 그동안 틈틈이 공부했던 걸 믿을 수밖에 없다.

"제발 풀 수 있는 문제가 나오길."

물에 빠진 사람, 지푸라기라도 잡는 심정이다.

드디어 시간이 되자 담당 교수가 들어왔다. 빈틈없는 용모처럼 칼날 같은 성격으로 유명한 교수였다.

역시나 첫마디부터 얼음 덩어리였다.

"다들 책 치워."

한마디에 학생들이 주섬주섬 책을 가방에 넣었다. 책상 위가 빈 걸 확인한 후에야 답안지가 나눠졌다.

슥슥.

칠판에 문제가 써졌다.

유전자 변이에 대해 논하라.

주찬은 시험 문제를 멍하니 바라봤다.

기억이 날 듯 말 듯.

분명히 전에 강의로 들었던 내용이건만 머나먼 기억 저편에 잠든 내용이다.

'제발.'

기억하려고 발악했지만 결국 참담한 심정으로 자리를 지키다 못 견디고 벌떡 일어섰다.

더 있어봐야 나올 건 백지밖에 없다.

차라리 깨끗하게 포기함이 그나마 정신건강에는 도움이 된다. 담당 교수가 백지를 보고 담담하게 물었다.

"백지네?"

"두통이 심해서요."

"음. 나중에 연구실로 와."

교수도 학과장을 통해 주찬 사정을 아는 터라 연민이 든 모양이다. 다른 학생들도 별다른 말을 건네지 않았다. 대부분 장학금을 노리는 터였다.

갑부 부모가 없다면 당연한 일이다. 주찬 같은 경우 이변이 없는 한 장학금과 거리가 멀어진단 건 상식으로 알았다.

만년 장학생의 탈락.

그건 전액 장학생 한 자리가 빈단 소리였기에 다른 학생들 눈초리가 심상치 않았다.

비싼 등록금.

그걸 면제받을 기회가 왔단 걸 알게 되자 답안지를 작성하는 손길에 정성이 더욱 깃들었다.

눈치로 알아챈 주찬이지만 말없이 고개 숙이곤 시험장을 나섰다.

이리저리 배회하다가 학교 내 벤치에 우두커니 앉았다.

이제 남은 시험은 안중에도 없다. 이대로 시험장에 가봐야 참담한 마음만 더할 뿐이다.

"전생에 무슨 죄를 지었다고."

그 누구에게 원망하자니 것도 애매했다.

가해자 없는 피해자.

그것이 주찬의 현실이다.

"돌겠네."

시험 성적은 보나마나였다.

과에서 최소한 차석은 해야 전액 장학생이다.

차석?

꼴찌나 안 하면 다행이다.

머릿속에 한 단어가 떠올랐다.

휴학.

진지하게 고민해야 할 시간이다.

이대로라면 졸업해야 봐야 말짱 헛일이다. 심한 두통 환자를 받아줄 회사도 없을뿐더러 설령 입사한다 해도 얼마나 버티겠는가.

"우선 치료가 급선무야."

결정을 내린 주찬은 서둘러 학과장실로 향했다.

"그거참."

학과장도 난처한 모양이다.

평소 학업에 열중했던 주찬이기에 다른 학생들이 흔히 쓰는 꼼수라고 보긴 어려웠다. 삼 년 내내 장학생으로 학교에 다닌 그다.

주찬이 머리 숙였다.

"죄송합니다."

"휴학한다고?"

"사정상 어쩔 수 없을 거 같습니다."

"그래, 어디서 치료할 건가?"

"아무래도 종합병원에 가봐야 할 텐데……."

말꼬리를 흐린 주찬이다.

치료비.

그건 하늘에서 뚝 떨어질 리 없는 돈이다.

학과장도 주찬의 사정을 대충 알기에 고민 끝에 전화번호 하나를 적어줬다.

"이 병원에 가봐. 학교 후배인데 내 이름 대면 잘해줄 거야."

거절?

언감생심이다.

지금은 가느다란 동아줄이라도 생긴다면 잡아야 했다.

"감사합니다."

"일단 치료에 열중해. 수업은 알아서 해주지. 정 안 되면 그때 휴학에 대해 이야기하자고."

학과장이 해줄 수 있는 건 그게 다였다.

병원비가 정말 아까웠지만 살기 위해 병원으로 갔다. 피 같은 돈이 우수수 나가는 여러 검사가 시작됐다.

그러나,

"뭐 이리 비싸!"

병원비 청구서에 심장이 멈출 뻔했다.

이젠 경제적 걱정 때문에 스트레스란 새로운 병이 생길 것만 같았다.

삼 일 후.

"영문을 모르겠네요. 원인 불명이라……. 혹시 최근에 스트레스 받은 거 있어요?"

의사의 질문에 주찬의 안색이 일그러졌다.

'이런 상황에서 스트레스 안 받는 놈 나와 보라 그래.'

홧김에 고함이라도 치고 싶었지만 꾹 참았다. 교수 소개로 그나마 싸게 진료 받는 처지에 떠들어봐야 자기만 손해다.

별 성과 없이 병원을 나서는 주찬의 손에 약봉지 하나가 들려 있었다.

신경안정제란다.

"지랄. 이젠 미친놈 취급이야."

어이가 없어 더 이상 말하기도 귀찮았다.

걸으며 생각해 보니 두통이 너무 심해 아르바이트도 어려운 형편이라는 것을 깨달았다. 이대로 한다면 큰 실수를 할 게 분명하다.

남에게 공연히 피해를 끼치느니 여기서 그만둠이 옳다는 판단이 서자 힘없이 아르바이트 하기로 약속했던 호프집으로 향했다.

"그만두면 뭘 하지?"

당장 먹고살 일이 걱정이다.

그렇다고 이 나이에 부모한테 손 벌리기는 참 싫었다. 고민하던 주찬이 거리를 걷는 순간 흠칫했다.

'저건 뭐지?

앞에 가는 한 남자의 머리에 하얀 오로라 같은 것이 보였다.

'환각인가?'

그 옆 사람을 보자 그런 흔적이 보이지 않았다.

'잘못 봤나?'

머리를 흔들고 봐도 똑같은 오로라가 머리 위에 영롱히 빛나는 모습이다.

'드디어 제대로 헛것이 보이는구나.'

어이없어 실웃음만 나오는 주찬이 자신도 모르게 중얼거리며 발걸음을 돌렸다.

무심코 따라가려다 이건 아니라는 마음에 얼른 다른 방향으로 몇 걸음이나 걸었을까.

끼익!

쾅!

급브레이크 소리, 그리고 뭔가 부딪치는 소리에 반사적으로 고개를 돌린 주찬이 그 자리에 얼음장처럼 굳었다.

"세상에."

거기에는 하얀 오로라를 보이던 남자가 미처 서지 못한 차에 치여 바닥에 널브러진 모습이 보였다. 시선을 돌리지 못하고 바라보는 주찬의 눈이 점점 더 커졌다.

"미친 거 아냐."

스스로 보면서도 믿기지 않는 사실이 두 눈에 똑똑히 보였다. 어느새 하얀 오로라는 검은색으로 변해 있었다.

"사람이 치였다!"

우르르 몰려드는 사람들. 주찬은 자신을 툭 치며 지나가는 사람의 느낌조차 감지하지 못할 정도로 넋이 빠졌다.

엥엥.

주찬은 구급차가 오고 경찰이 길을 막을 때까지 멍하니 제자리에 서 있었다.

한참이 지난 후에야 겨우 정신을 차리고 세차게 머리를 흔들었다.

'설마… 두통 때문에 잘못 봤겠지.'

다시 시선을 돌려 아르바이트하던 호프집 쪽으로 걸음을 옮겼다.

"저 아무래도 아르바이트 힘들 거 같은데요."

조심스레 주찬이 말하자 사장이 어이없다는 표정으로 한마디 했다.

"주찬이 너 지금 뭐하냐?"

"네?"

"네가 그만둔 게 벌써 육 개월 전이야."

머리에 찬물을 뒤집어쓴 기분이다. 퍼뜩 정신을 차려보니 아뿔싸.

과거 두 달간 아르바이트한 호프집이었다.

"죄송합니다. 제가 착각을."

"자식, 돈이 궁하면 궁하다 할 거지. 이게 무슨 짓이야. 나중에 시간 되면 다시 와."

사장이 피식 웃자 얼굴이 화끈거린 주찬이 서둘러 인사하곤
밖으로 뛰쳐나갔다.
“이젠 건망중도 생겼나?”
미치고 환장할 노릇이다.

저녁 무렵 집으로 들어온 주찬은 영 저기압이었다.
제대로 찾아간 곳에서 사장에게 책임감없는 녀석이란 소리
까지 들어 별로 기분이 좋지 않았다.
하지만 그게 문제가 아니다. 아까 봤던 교통사고 현장이 뇌
리를 어지럽혔다.
‘그게 뭘까?
분명히 착시는 아닌 듯했다.
죽은 사람 머리에서 보이던 오로라.
머릿속에서 여러 가지 상상이 떠올랐지만 당장 선명히 다가
오는 건 아무것도 없었다.
‘아냐, 아냐.’
애써 고개를 흔들었다.
당장 자신의 코가 석 자다. 지금 남의 일에 신경 쓴다는 것
자체가 무리다.
어떻게 살지?
주찬은 살아갈 걱정에 이 생각 저 생각 하면서 까만 밤을 새
벽이 되도록 지새우다 겨우 잠이 들었다.

　다음날 아침 자리에서 일어난 주찬은 여전히 머리를 파고드
는 두통 때문에 인상을 찌푸려야 했다.
　'아예 고질병이 된 건가?'
　씁쓸한 한숨이 절로 나왔다.
　당장은 치료할 방법도 없는 터라 더더욱 답답함은 커졌다.
　"현대의학은 무슨, 얼어 죽을."
　욕이 자연적으로 입에 뱄다.
　주말이라 학교 갈 일도 없어 방에서 뒹굴던 주찬이 결국 좁
은 방에 갇힌 기분이 들어 답답한 마음에 득달같이 뛰쳐나갔
다.
　"바람이나 쐬자."
　그 마음으로 지하철을 타고 강남으로 향했다. 왠지 정신없
이 쏘다니면 그나마 마음이 풀릴 듯했다. 지하철을 내려 강남
역을 거니는 주찬이었다.
　지나가는 수많은 사람들 속에 자신만이 이방인이 된 기분이
다.
　낙오된 기분.
　그건 견딜 수 없는 아픔이었다. 한참을 걸어다니던 주찬이
또 한 번 무언가를 발견하고 눈빛이 번쩍였다.
　'저건……'
　앞에 가는 한 여자.
　날씬한 몸매에 나름 차려입은 투피스 차림이었다. 옷이 문
제가 아니다.

몇 번을 봐도 그녀의 머리 위에도 하얀 오로라가 보이는 게 아닌가?

옆을 둘러봐도 아무도 그런 오로라를 가진 사람은 없었다. 차에 치인 남자 이후 처음이다.

주찬은 순간 마음을 굳혔다.

'이번엔 끝까지 따라가 보자.'

어차피 특별히 할 일도 없다. 그럴 바에야 자신이 가진 궁금증이라도 해소하고 싶었다. 일정 거리를 두고 천천히 미행하는 주찬이 흠칫했다.

'내가 무슨 스토커도 아니고.'

웃음이 절로 나왔다.

7~8분쯤 걸었을까?

갑자기 여자가 마치 무언가에 걸린 듯이 푹 땅으로 쓰러졌다.

"어, 어."

순간 주찬은 달려가야 한다는 생각은 들었지만 다리가 마치 땅에 아교라도 붙여놓은 듯이 꼼짝도 하지 않았다.

오히려 옆에 있던 다른 여자들이 얼른 그녀 주변으로 다가섰다.

"여보세요! 여보세요!"

"119 불러!"

사람들이 고함치는 소리. 그게 머나먼 메아리처럼 들릴 뿐이다.

"코에 손 대봐!"

쓰러진 여자의 코를 짚었는지 한 남자가 소리쳤다.

"호흡이 없어! 어서 119!"

벼락같이 소리치는 남자였다. 강남이라서 그런지 119에 신고한 지 불과 10분 만에 구급차가 달려왔다.

에에엥~

구급차가 사이렌을 울리면서 질주하자 주찬은 자신도 모르게 주변에 서 있는 택시를 잡아탔다.

"구급차를 따라가 주세요."

택시 기사는 아무 말 없이 구급차 뒤를 따랐다.

도착한 곳은 삼성병원. 응급실로 급히 향한 침대엔 오로라가 선명했다. 택시에서 내려 뒤를 따라가던 주찬은 흠칫하고 말았다.

어느새 하얀 오로라는 검은색으로 변한 지 오래였다. 응급실은 아수라장이라 주찬이 들어온 것을 눈치챈 사람은 아무도 없었다.

"에피네프린(Epinephrin)!"

악쓰는 소리와 함께 의사와 간호사가 정신없이 움직였다.

"에피네프린 200ml 투여. 디피브릴레이터(Difibrillator) 준비!"

펑!

제세동기가 심장을 강타하자 그녀의 몸이 허공으로 풀쩍 뛰어올랐다. 간호사가 절망적으로 소리쳤다.

"반응이 없습니다!"

"200J 차지!"

"200!"

간호사가 외쳤다.

의사의 이마에서 식은땀이 흘러내렸다. 멀리서 주찬이 바라보니 검은색은 더욱더 짙어질 뿐 아무런 변화가 없었다.

한참을 지켜봤지만 결국 의사 입에서 나온 것은 한마디였다.

"Time of death. 신원 미상. 20대로 보이는 여자. 오후 4시 10분 심장마비로 사망."

말하곤 이마에 흘린 땀을 훔치고 다른 쪽으로 가는 의사의 얼굴이 어딘지 모르게 참담했다.

멀거니 서 있던 주찬은 얼른 뒤돌아서 나왔다.

응급실에서 조금 떨어진 병원 벤치에 앉아 마치 미친 사람처럼 고개를 푹 숙일 수밖에 없었다.

"이건 도대체 뭘까?"

짐작할 수도 없는 일이다. 왜 자신한테 이런 일이 생기는지 도무지 이해할 수가 없었다.

"윽."

순간 멈췄던 두통이 다시 격렬하게 머리를 괴롭히자 두 손으로 머리를 감싸고 고통에 몸부림치는 주찬이다.

"이 썩을 머리!"

가능하다면 머리를 떼서 던져 버리고 싶은 심정이다. 격렬한 통증은 5분여가 지속된 다음 겨우 조금씩 가라앉았다.

주찬은 더 이상 생각할 정신 없이 병원을 빠져나와 택시를 타고 집으로 향했다.

'팔자 좋다.'

없는 돈에 택시로 왕복을 하자니 속이 쓰렸다.

집에 들어와 침대에 벌렁 누운 주찬은 잠을 이룰 수가 없었다.

'보였던 그게 무엇인가?

왜 하얀색이 검은색으로 변하는지 전혀 실마리를 찾아낼 수가 없었다.

모든 사람에게 그게 보이는 건 아니다. 이런저런 생각 끝에 뇌리를 스친 하나가 있었다.

'죽을 사람?

순간 소름이 쫙 끼치는 주찬이다.

'그게 왜 나한테 보여?

좁은 방이 갑자기 더 좁아진 듯해 창문을 활짝 열었다. 찬바람이 머릿속으로 들어오자 조금은 마음이 진정되는 기분이다.

하지만 머릿속은 복잡했다. 이대로 살아간다면 미칠 것만 같았다.

'찾아내야 해, 원인이 무엇인지.'

찾아내지 못한다면 자신이 먼저 미쳐 한강 물에라도 뛰어들고 싶은 심정이 될 것 같은 느낌이다.

"아직 20대야. 그럴 순 없어."

두통에 또 하나의 커다란 짐을 몸에 단 기분이었다. 마치 어깨에 곰 수십 마리가 앉아 있는 기분.

맨 정신으로 견디기 괴로웠다. 주찬은 일단 이것부터 파헤쳐 보기로 했다.

두려움?

그것은 문제도 아니다. 일단 이 현상을 알아내지 못한다면 앞으로의 삶이 어떻게 될지 뻔하다. 그런 암담함을 겪고 싶지는 않았다.

'하나라도 찾자.'

그렇다면 죽는 사람을 봐야 했다.

'죽는 사람을 어디서 봐?'

순간 허탈한 미소가 흘렀다.

그렇다고 미친 듯이 길을 돌아다닐 수는 없다. 마냥 돌아다닌다고 죽을 사람을 찾아낸단 것이 어디 그리 쉽겠는가?

말도 안 되는 선택은 일단 지웠다. 곰곰이 의자에 앉아 생각해 보던 주찬이 무릎을 탁 쳤다.

'그래, 거기라면!'

얼른 컴퓨터를 켜고 인터넷 검색을 하자 여지없이 나오는 곳.

행려병자 수용소. 사이트에 들어가 정신없이 뒤져보니 바로 나오는 건 자원봉사단 모집이었다.

'가보자. 여기라면 뭔가 실마리가 잡힐 거야.'

하루에도 한 명 이상 죽어나가는 곳. 가족도 없고 집도 절도 없이 죽어가는 사람들이 행려병자들이었다.

그들의 마지막을 지켜주는 곳이 행려병자 수용소였다.

'거기라면 오로라를 볼 수 있을 거야.'

말하고 나니 어이가 없었다.

'내가 무슨 장의사도 아니고, 남의 죽음을 보러 다녀야 돼?'

기가 막힌 일이었지만 현실이다.

주찬은 독하게 마음먹었다. 이대로 있다가는 미칠 지경이었기에 일단은 부딪쳐 볼 생각이었다.

'남자는 깡이야.'

몇 번씩 자신에게 다짐하는 주찬이다.

다음날 아침 일어나자마자 주찬이 어제 알았던 전화번호로 연락했다.

"수고하십니다. 자원봉사를 하고 싶어서 연락드렸습니다."

"아, 그래요? 그게요……."

친절하게 설명하는 직원의 말에 꼼꼼히 메모한 주찬이 대답했다.

"오늘부터 일주일간 가겠습니다."

"기다리겠습니다. 이주찬 씨라고 하셨죠? 적어놓고 기다릴게요."

직원은 상냥했다.

바로 세수를 마치고 간편한 옷차림으로 걸쳐 입은 주찬이

지하철로 향했다.

40여 분이 지나 도착한 행려병자 수용소는 밖에서 보기에는 번듯한 건물이었다.

건물 안에 들어가 전화한 직원을 찾았다.

"이주찬이라고 합니다. 아까 전화 드렸는데요?"

"반갑습니다."

악수를 청하는 남자, 30대 중반의 사람 좋은 호인 냄새가 물씬 풍겼다. 주찬은 겸손하게 물었다.

"무슨 일을 하면 될까요?"

"무슨 일을 하고 싶으십니까?"

"가능하다면 중환자들을 돌보고 싶습니다."

"어려우실 텐데요?"

대뜸 난처한 빛을 표하는 직원이다. 자원봉사 하러 온 사람 중 대부분이 하는 말이다.

그러나 막상 겪어보면 하루도 못 견디고 소리 소문 없이 사라져 갔다.

당연히 막고 싶었다.

"기왕 하려면 제대로 해야죠."

씩씩하게 나가는 주찬을 보며 직원은 몇 번이나 말리다가 어쩔 수 없이 승낙했다.

"그럼 잠시만 기다려 주십시오."

그리고 어디론가 전화하고 잠시 기다렸다.

채 오 분이 지나기 전에 한 중년 여인이 걸어와 직원에게 물었다.

"자원봉사자가 오셨다고요?"

"예, 이분입니다. 같이 가서 일하시면 돼요."

직원의 말에 중년 여인이 주찬에게 환한 미소를 지었다.

"마침 일손이 달렸는데 남자가 와서 얼마나 좋은지 몰라요. 같이 가시죠."

"잘 부탁드립니다."

그 말을 끝으로 조용히 뒤를 따라오는 주찬을 흘깃 보던 중년 여인이 말했다.

"일이 힘든 건 아시죠?"

"각오하고 있습니다."

"몸 하나 제대로 움직이지 못하는 분이기 때문에 어려운 일이 많을 거예요. 힘이 좀 드실 텐데. 절대 허리 조심하셔야 해요."

농담이 아님을 처음부터 알았다. 그녀를 따라간 곳에서는 환자 침대 수십 개가 놓인 커다란 방이 보였다.

그녀가 친절하게 설명했다.

"여기가 중환자들을 다루는 곳이에요. 하나같이 위험하신 분들이니까 조심하셔야 해요."

"예."

건성으로 대답하고 쭉 훑어보았다.

'없네?'

단 한 사람도 오로라를 지닌 사람은 없었다. 그렇다고 그냥 오자마자 갈 수는 없었다.

그때부터 주찬의 수난사는 시작됐다.

중환자들을 들어 다른 침대로 옮기는 일은 기본이었다. 상태가 위급한 환자가 있으면 업고 뛰어 응급실로 향해야만 했다.

"어헉."

절로 신음이 나온 오전이 지나가자 이미 거의 파김치가 된 주찬이다. 거기다 두통은 시시때때로 주찬을 괴롭혔다.

'몸이라도 편하면 좋을 텐데.'

잠깐 여기 온 게 후회됐지만 의문을 풀고 싶은 마음은 여전했다.

그때 종이컵 하나가 불쑥 눈앞에 나타났다.

놀라 돌아보니 중년 여인이었다.

"힘들죠."

"각오한 건데요, 뭐."

"정말 성실히 하시네요."

감탄한 중년 여인의 말에 주찬은 공연히 미안해졌다.

사실 목적이 있어 온 곳이 아닌가.

그걸 모르는 중년 여인은 아직 젊은 주찬이 기특한 모양이었다.

주찬은 죄송함에 그저 머리만 긁었다.

'대신 죽어라 하자.'

그게 보답이었다.

꼬박 하루를 일하고 나자 온몸은 파김치보다 더 심하게 축 늘어졌다. 그때 중년 여인이 다시 다가왔다.

"집에 갔다 오실 건가요, 아니면 여기서 묵으실래요?"

"자는 데도 있습니까?"

"물론이죠. 절 따라오세요. 그리고 옷이 엉망이 됐네요."

바라보자 중환자가 토한 흔적이 여기저기 즐비한 옷이다. 응급 상황이 하도 많아 옷 갈아입을 여유도 없었다.

하다못해 화장실 갈 시간도 쪼개야 할 곳이 중환자실이었다. 거기다 시시때때로 밀려오는 두통과의 싸움이 겹쳐 더욱 기진맥진해졌다.

민망함에 주찬이 오히려 웃었다.

"갈아입을 옷을 준비하지 않아서."

"걱정하지 마요. 다행히 여긴 독지가들이 보내준 옷가지가 수두룩하답니다. 가서 골라 입으시면 돼요."

"그래요? 다행이네요."

"전부 다 깨끗이 빨아놨으니까 괜찮을 거예요."

중년 여인은 하루를 꼬박 버틴 주찬에게 상당히 호의적이었다. 사실 의욕을 가지고 온 사람이라도 반나절을 못 견디고 도망치는 곳이다.

그런데 초보인 주찬이 너무도 잘 버텨내 대견스런 마음이다. 그녀를 따라간 곳에는 옷 수십 벌이 쌓여 있었다.

"여기서 맞는 옷을 입으면 돼요. 갈아입고 나오세요."

여기저기 살펴보던 주찬은 그나마 편해 보이는 면바지와 티셔츠, 그리고 점퍼를 걸쳐 입었다.

밖으로 나가자 기다리던 중년 여인이 말했다.

"내 이름은 김옥자예요."

"예, 이주찬이라고 합니다."

"이제야 인사를 나눌 정도로 우리 바쁘게 보냈죠?"

빙긋 웃는 웃음 천사의 미소랄까?

주찬이 보기에도 그녀는 하루 종일 쉴 새 없이 움직였지만 여전히 입가에 미소를 띠고 있었다.

자신이라면 이 파김치 된 몸으로 그렇게 할 정신은 없을 것 같았다. 새삼 어떤 사람에 대한 알지 못할 존경심마저 피어났다.

그녀를 따라간 곳에는 아담한 방 하나가 있었다.

"마침 자원봉사자들이 별로 없어 독방을 쓰시겠네요. 저쪽이 욕실이니 샤워하시고 아침 9시까지 중환자실로 오시면 돼요. 그럼 편히 주무시고 내일 봬요. 오늘 정말 수고하셨어요."

"네, 감사합니다."

그리고 살짝 고개 숙이고 가는 김옥자였다. 주찬은 방에 있는 침대에 그대로 벌렁 누웠다. 도무지 손가락 하나 까딱할 힘도 없었다.

"헛수고인가?"

씁쓸한 미소가 스쳤지만 알지 못할 보람도 있었다. 살면서 이렇게 열심히 일해본 적도 드물었다.

"뭐가 뭔지 모르겠어."

그 말을 마지막으로 깊은 꿈나라로 빠져들어 간 주찬이었다.

Chapter 02

쌍소멸의 효과

1월 0일

다음날 아침 일어나자마자 도착한 중환자실.

밤새 중환자실에서 세 명이 세상을 떠났다는 이야기를 맨 처음 들었다.

빈 침대가 그들의 빈 공간을 증명하고 있었다. 김옥자가 옆에 다가서 멍하니 서 있는 주찬에게 말했다.

"좋은 데 가셨을 거예요."

"저도 그렇게 생각해요."

"자, 산 사람은 일해야죠?"

애써 담담한 미소를 짓는 김옥자였지만 눈가에 어린 이슬까진 숨기기 힘들었나 보다. 주찬은 일부러 모른 척 그녀의 시선을 외면했다.

이럴 때 맞는 행동이란 판단이다.

묘한 기분을 지우기 위해 정신없이 일하다 보니 또 한 번 환자들이 밀어닥치기 시작했다. 해도 해도 끝이 없는 일에 지친 주찬이 김옥자에게 물었다.

"이분들은 누굽니까?"

"길가에 쓰러진 사람들을 데려온 거예요. 다들 상태들이 안 좋아서……."

"그렇군요."

대답하던 주찬도 무거운 마음이다.

집도 절도 없는 사람들이 죽음을 앞두고 침대에 누워 있다.

묘하게 그 사람들과 자신이 엇갈리는 것이 아닌가.

'정신 차려.'

애써 마음을 잡았다.

두통.

이 지겨운 놈이 언제 사라질지 아득한 시간이다.

처음 마음과 달랐다.

막상 이들을 보니 전에 느꼈던 색안경이 벗겨진 느낌이다.

하릴없이 놀다가 말년이 비참한 사람들.

그 생각보다 먼저 안타까운 맘이 들었다.

'썩을 세상. 누군 배 두드리고 살고 여기선 비참하게 죽고.'

이상한 마음이다.

또 한 번 전쟁을 치르고 나자 또 하루가 저물었다. 혹시나

하는 마음으로 행려병자 수용소를 한 바퀴 돌았지만 헛고생이
었다.

"죽겠네."

침대에 눕자 삭신이 쑤셔왔다. 허리는 왜 이렇게 아픈지 진
한 통증까지 밀려왔다.

무거운 환자들을 들었다 놨다 하다 보니 아무리 젊은 사람
이라 하더라도 견디기 힘든 중노동이었다.

"일주일이라……. 까마득하네."

고작 이틀이 지났다.

이제는 무언가를 찾아내겠단 생각은 아예 접었다. 일주일
동안 어떻게 하면 무사히 살아날까 그 궁리나 열심히 해야 할
판이다.

약속한 이상 지키고 싶었다.

게다가 두통은 쉼없이 찾아와 순간순간 자리에 주저앉게 만
들었다.

물론 남이 눈치채지 않게 외진 곳에서 있었기에 아무도 눈
치채지 못한 일이다.

"버틸 수 있을까?"

그런 작은 걱정마저 들 정도였다.

'오로라는 어디 있는 거야?'

살짝 스스로에게 짜증도 부렸다.

그런데 이상한 느낌이 들었다.

"가만."

그전에 죽은 사람을 봤을 때는 죽기 직전이었다.

'썩을.'

그렇다면 자신이 여기서 잠자는 시간에 오로라를 지닌 누군가가 죽어간다면 여기 온 이유가 무색한 헛수고다.

피곤에 지쳐 헤매다가 뒤늦게 그 생각이 들자 벌떡 자리에서 일어난 주찬이다.

"이럴 때가 아니야."

옷을 갈아입고 다시 중환자실로 향했다. 돌아온 주찬을 본 김옥자가 어이없단 듯 물었다.

"안 피곤해요?"

"김옥자님도 버티잖아요."

"나야 이골이 났지만 주찬 씨는 아직……."

"저도 버팁니다."

고집을 부리는 주찬을 보며 김옥자가 웃었다.

"생전 처음 보는 자원봉사자예요."

"뭐가요?"

"이리 열성적인 분 말이에요."

"과찬이십니다."

"채용하고 싶어요."

농담이 아니다.

김옥자의 눈에 열정이 피어났다. 주찬 같은 직원이라면 얼마든지 받아들일 용의가 있었다. 그러나 그녀가 모르는 사실이 있다.

'낯간지럽네.'

스스로의 목적이 미화되자 얼굴이 달아오른 주찬이 얼른 환자 쪽으로 발걸음을 옮겼다. 그 모습조차 대견한 김옥자였다.

'저런 직원이 열 명만 있으면……'

중환자실도 안심이 될 것 같았다.

그렇게 삼 일이 지나고 사 일째 되는 날, 또다시 들어오는 환자를 바라보던 주찬의 심장이 두근거렸다.

묘한 기분.

마치 운명의 끈을 본 느낌이다.

들어온 환자는 의식을 잃은 채 눈을 감고 링거 병을 주렁주렁 달고 있었다.

'무슨 이유지?'

주찬은 그때부터 일을 하면서도 그 사람을 주시했다. 나이 60세나 됐을까? 얼굴은 삶에 시달려 거뭇거뭇한 점이 온통 박혀 있다.

보기 좋진 않았지만 연민이 들 만한 용모였다. 유심히 지켜보며 일하다 보니 어느새 저녁이 되었다.

김옥자가 옆에 와 말했다.

'가서 쉬세요.'

"아니요. 오늘도 여기 있겠습니다."

"힘드실 텐데."

김옥자의 걱정에 주찬은 고개를 저었다.

“아직 젊거든요.”

‘젊기는.’

젊다고 버틸 일은 아니었다. 노련한 경험이 없다면 그야말로 힘든 일이었다. 그것을 잘 알고 있는 김옥자였기에 다시 한 번 권고했다.

“가서 쉬라니까요.”

“오늘 하루만 있어보겠습니다.”

“고집도 참.”

김옥자는 싫지 않은 미소를 지으며 저쪽으로 가서 다른 환자를 돌보기 시작했다.

주찬은 마땅히 맡은 환자가 없기에 왔다 갔다 하면서 사람들의 잔일을 도와주고 있었다. 물론 시선은 한쪽에 고정되어 있었다.

그런데,

‘저건!’

분명히 전에 봤던 오로라다. 마침내 주찬의 눈에 오로라가 보이기 시작했다. 주찬은 얼른 후다닥 달려가 남자의 맥을 짚어봤다.

의사가 아니라 확실치 않았지만 맥이 희미하고 약한 것만은 분명했다.

주찬이 버럭 소리쳤다.

“여기 좀 와보세요!”

“무슨 일이에요?”

김옥자가 얼른 다가왔다.

"아무래도 이분 맥이 좀 이상해요."

"잠깐만요."

바로 눈동자를 까뒤집어 본 김옥자가 찢어지는 목소리로 소리쳤다.

"응급실로!"

우르르 달려가는 사람들.

타다닥.

주찬도 얼떨결에 응급실로 뛰었다. 그 순간 무언지 알지 못할 흥분감이 엔도르핀처럼 솟구치는 느낌이었다.

응급실에 도착한 환자는 의사의 집도하에 곧바로 응급처치에 들어갔다.

"에피네프린 투여!"

전에 응급실에서 들었던 소리다.

"제발 살았으면……."

알지 못한 사람이지만 바랄 수밖에 없는 상황이다. 10여 분의 응급처치가 끝나자 마침내 의사의 입에서 기쁨의 탄성이 터졌다.

"됐어요! 일단 위험한 상태는 넘겼어요!"

"다행이네요."

그 순간이었다.

환자 몸에 피어나던 오로라가 주찬에게 득달같이 쏘아져 왔다.

‘어, 어.’

놀라 피하고 자시고 할 시간이 없었다.

정통으로 얻어맞은 주찬.

부르르.

주찬의 몸이 떨렸다.

‘응? 이건 뭐지?’

마치 머릿속이 하얗게 비는 느낌까지 들었다.

야릇한 황홀감.

더불어 미칠 듯한 흥분감이 온몸에 가득 찼다. 잠시 그 여운
을 즐기는 사이에 김옥자가 다가와 어깨를 툭 쳤다.

“주찬 씨, 대단해.”

“무슨 말씀이신지……?”

겨우 정신을 차리고 주찬이 묻자 김옥자가 대견스럽다는 목
소리로 대답했다.

“죽을 사람 살렸잖아. 수고했어요. 이거 때문에 기다린다고
했나?”

“뭐 그런 건 아니고, 우연의 일치죠, 뭐.”

얼렁뚱땅 넘어가는 주찬이었다. 김옥자는 사랑스러운 눈길
로 주찬을 바라보며 부드럽게 말했다.

“내일도 있으니 이제 가서 쉬어요. 오늘 고생 많이 했어요.”

“저도 쉴까 합니다. 보통 일이 아니네요.”

사실상 더 이상 서 있을 기운도 없는 주찬이었다. 김옥자가
사라지자 바로 자리에 펄썩 주저앉았다.

오로라.

"왜 내게 날아온 거야?"

주찬은 한참 주저앉아 있다 겨우 정신을 차려 비틀거리며 방으로 들어섰다.

털썩.

침대에 눕는 순간 잠은 오지 않고 묘한 느낌만이 계속 온몸을 감아 돌아간단 감이 왔다. 뇌 한쪽이 시원해지는 느낌이 쉼 없이 들었다.

한참을 누워 있던 주찬은 순간 흠칫했다. 그토록 괴롭히던 두통, 왠지 강도가 조금 약해진 느낌이다.

"두통이 개과천선한 건가?"

아직은 정확히 실체를 알 수 없었다. 하지만 분명히 두통이 약해진 것은 확실했다.

무조건 기뻤다.

"가만."

그러나 원인 없는 결과란 없다.

두통이 약해진 건 분명한 이유가 있을 것이다.

주찬은 침착하게 상황을 정리했다.

그도 이공계 대학생.

논리적인 뭔가를 찾아 머리를 수도 없이 굴렸다. 비록 아직 두통이 남아 있다지만 희망을 찾은 이상 풀어야 했다.

실마리가 있다면?

아무래도 오늘 겨우 살아난 환자뿐이다. 그 외엔 어떤 일도 없었기 때문이다.

"뭐가 있긴 있군."

더 이상은 알아볼 수 없었다.

그 후로도 계속 중환자실에 있었지만 더 이상은 오로라가 보이는 인연을 두 번 만날 수가 없었다.

일주일이 지나자 마침내 떠날 시간이 됐다. 김옥자는 서운한 심정으로 주찬을 바라봤다.

"더 있으면 좋겠는데……."

"제가 학생이라 좀 어렵습니다."

"그래요? 다음에 기회가 있으면 봐요. 참, 여기서 좋은 일을 하셨어요. 그리고 이건… 가져가요."

"이게 뭡니까?"

"나중에 풀어 봐요."

조그마한 상자였다.

'뭐지?

인사를 마치고 옷을 갈아입은 주찬이 행려병자 수용소를 나섰다.

'뭘 넣었을까?

나서자마자 궁금증을 찾지 못해 가방에서 김옥자가 준 상자를 꺼내 들었다.

포장을 풀고 뚜껑을 열었다. 거기에는 비타민제 한 병과 작게 접은 쪽지가 들어 있었다.

이주찬 씨는 좋은 사람이에요. 앞날에 행운이 있기를 빌어요.

—김옥자.

선물이 커서가 맞이 아니다. 비타민 한 병, 거기에는 김옥자의 따뜻한 마음이 그대로 담겨 있었다.

가만히 비타민제를 바라보던 주찬은 휘파람을 불며 집으로 돌아가기 시작했다.

"나쁘지 않아."

며칠 동안 지내봐도 확실히 두통은 조금 사라진 느낌이다. 아직 심할 때도 있지만 적어도 전처럼 하루 종일이 아니라 그나마 살 만했다.

아직 책을 볼 정도까지는 어려웠지만 지금은 이 정도라도 만족했다.

더구나 고칠 기회가 있다는 건 행복이다.

'어디서 찾지?'

한 번 더 경험하고 싶었다.

그날 이후 주찬은 무작정 거리를 걷는 이상한 습관이 몸에 뱄다. 혹시나 다시 오로라를 볼 수 있을까 하는 작은 희망 때문이다.

그러던 어느 날.

지하철 계단을 오르던 주찬은 이상한 느낌에 위를 쳐다보곤 바짝 긴장했다.

'걸렸다.'

위에서 내려오는 한 젊은 여인.

긴 파마머리를 휘날리며 바삐 계단을 뛰어내려 오는 모습이다. 그게 중요한 게 아니다.

그녀의 머리에서 역시 하얀 오로라가 피어나는 것을 똑똑히 봤다. 주찬은 침을 꿀꺽 삼켰다.

다시 한 번 기회가 온 것을 알고 온몸을 긴장시키는 순간이다. 천천히 걸어오는 그녀를 무조건 끝까지 따라갈 결심이 섰다.

그때였다.

"어머!"

뾰족한 비명 소리와 함께 여자가 앞으로 붕 날아왔다. 발을 헛디뎌 이미 하이힐은 벗겨진 채 바닥으로 고꾸라지려는 순간 주찬이 얼른 동물적인 반사신경으로 몸을 날려 그녀를 안았다.

퍽!

날아오는 탄력에 뒤로 휘청거리며 밀릴 뻔했으나 뒷발로 몸을 지탱하며 간신히 버텨냈다. 잠시 시간이 지나자 안도한 주찬이 여자에게 말했다.

"괜찮아요?"

여자는 크게 놀란 듯 아무런 말도 하지 못하고 있었다.

갑자기,

띵!

머리를 때리는 충격. 여인에게 있던 오로라가 바로 머릿속으로 쏘아져 들어왔다.

파바박!

뇌에 있는 모세혈관이 다시 한 번 확장된 느낌. 거칠게 도는 오로라가 뇌를 온통 헤집었다.

펑펑펑펑!

머릿속이 가득 부푼 풍선처럼 느껴지는가 싶더니 이내 사방이 뚫려 나가며 시원한 청량감까지 느껴질 정도였다.

설명은 길었지만 아주 짧은 순간 이뤄진 일이다.

오로라는 온 뇌를 다 감싸고돈 후 조용히 흔적 없이 사라졌다.

주찬은 물론 아무도 몰랐지만 뇌에 남았던 반물질인 힉스 입자가 오로라와 부딪치며 상당수 소멸된 탓이다.

주찬이 잠깐 움찔하는 사이 여자가 말했다.

"고마워요."

그리고 바로 급히 올라가 하이힐을 고쳐 신는 모습. 얼굴이 빨갛게 상기되어 있었고 창피함에 어쩔 줄 몰라 하는 모습이다.

"다친 데 없어요?"

"괜찮아요. 정말 감사해요."

다시 내려와 인사를 꾸벅하고는 바쁜 듯 다시 계단 밑으로 뛰어 내려갔다.

뒤에서 가만히 바라보던 주찬이 피식 웃었다.

"이제 설마 죽을 일은 없겠지. 가만 죽을 일?"

깜짝 놀라 주찬이 그 주변을 예리하게 살펴봤다. 역시 거기에는 날카로운 쇳조각이 떨어져 있었다.

여자의 몸이 넘어진 각도와 거리를 계산해 보니 비슷한 위치였다.

만약 저기에 찔렸다면 분명히 머리나 눈에 치명상을 입을 만한 위치였다.

주찬이 어깨를 으쓱했다.

"사람을 구해줘도 아무도 모르는데, 뭐."

아무도 모를 일이기에 혼자만의 비밀로 남았다.

'두통은?'

그 생각이 들자 서둘러 집으로 향했다.

두근거리는 가슴으로 방에 들어온 주찬이 묵묵히 시간을 보냈다. 지겨웠지만 꼭 확인해야 할 절차였다.

한 시간, 두 시간.

저녁 열두 시가 되자 반사적으로 허리를 굽혔다.

"악."

또 두통이 찾아왔다.

"젠장, 헛고생인가?"

허탈한 기분이다. 그런데 전과 다른 일이 벌어졌다. 두통은 전처럼 하루 종일이 아니었다.

십 분여가 지나자 거짓말처럼 가라앉은 두통 증세였다. 주찬은 기뻤지만 일단 냉정하게 생각했다.

"기다려 보자."

다시 한 번 시간을 재봤다.

"으윽."

일정 시간이 지나자 또다시 두통이 재발했다. 머리를 잡고 헤매는 시간이 얼마나 지났을까.

다시 두통이 조용히 잠들었다.

계산해 보니 비정기적으로 나타난 두통은 십 분 정도 지속되다가 멈추는 듯했다.

"드디어."

이나마 행복이었다. 기쁨에 고함이라도 치고 싶었지만 주찬은 얼른 의자에 앉아 책상에 머리를 묻었다.

"제발."

태어나 처음으로 누군가에게 간절히 빌었다. 겪어보니 역시나 두통이 전보다 약해지고 짧아진 건 확실했다.

오히려 두통이 사라질 땐 눈이 맑아지고 머리가 상큼해진 느낌이었다.

착한 일 하면 복을 받는다.

옛말 그대로였다.

아직 주찬은 몰랐지만 신비의 반물질인 힉스 입자의 힘이었다. 사실 힉스 입자란 인체에 머무는 게 아니라 통과함이 옳았다. 그러나 다른 미지의 물질과 상호충돌하면서 희한하게 주찬 몸 안에 곱게 잠들었다.

사실 힉스 입자가 특정인이 죽기 직전 발현된 오로라와 충돌한 효과였다.

힉스 입자와 오로라가 부딪쳐 쌍소멸하려는 짧은 순간, 미지의 다른 물질이 힉스 입자를 가로막아 그 반발력으로 주찬의 몸으로 스며들었다.

원래 힉스 입자란 세상에 존재해서는 안 되는 물질이다. 태초에 우주가 형성될 당시 힉스 입자가 소멸되며 물질이 만들어졌다.

그러나 인체의 신비함에 걸려 힉스 입자가 미처 소멸되기도 전에 몸 안에 갇혔다.

당연히 힉스 입자는 소멸되려 강렬한 운동을 벌일 수밖에 없다.

그 반사작용으로 소멸할 수 있는 또 다른 신체를 찾아 움직이는 것이다. 당연히 죽음은 소멸.

그 힉스 입자도 같이 소멸돼야 정상이다. 엄청난 신비였지만 주찬은 물론 세상 누구도 모르는 일이다.

힉스 입자는 소멸되면서 주찬에게 무언가의 혜택을 주고 사라졌다.

알고 있는 건 오로지 하나. 두통이 조금 사라졌다는 것. 하지만 또 다른 변화는 이미 주찬의 뇌에서 소리없이 움직이고 있었다.

주찬의 몸에 스며든 힉스 입자는 제일 먼저 뇌에서 소멸이 이루어졌다.

그 반작용으로 뇌를 건드려 잠자던 일부분마저 활동에 들어가게 만들었다.

다만 아직도 뇌에 잠복한 힉스 입자가 상당히 많았기에 어떤 변수를 일으킬지 몰랐다.

일단 주찬의 의사와 상관없이 신체적 변화는 시작됐다. 두통이 약해짐과 동시에 격렬한 뇌 활동이 전개된 것이다.

7%.

8%.

점점 늘어난 뇌 활동율은 보통 사람의 경우를 훨씬 초과하고도 여전히 움직였다.

보통 사람 뇌 활동율은 불과 4~7%. 그 이상을 이미 쓴 주찬의 미래는 아무도 짐작하기 힘들었다.

본인도 모르고 모처럼 숙면에 빠졌을 뿐이다.

아침에 일어난 주찬이 전과 다른 머리에 환호했다.

"두통이 없어."

그것만으로 행복했다.

한참을 기다리자 역시 두통은 찾아왔으나 이내 사라졌다.

"그래!"

주먹을 불끈 쥔 주찬이다.

"어떻게 나았지?"

순간 의문이 들었다.

분명한 건 어제 오로라 여파란 건 거의 확실해 보였다.

"오로라와 두통, 그리고 몸 상태는 어떤 상관관계일까?"

한참 고민했지만 도무지 풀 수 없는 의문점이기도 했다. 두통은 많이 사라졌지만 언제 재발할지 모를 시한폭탄이었다.

게다가 가끔씩 전조증상이 나타나 주찬을 긴장하게 만들었다. 골치 아팠지만 당장 해결할 수단이 없기에 일단 미뤘다.

이젠 다음을 준비해야 했다.

얼른 사우나에 가 오랜만에 목욕하고 이발까지 마치자 말끔한 청년으로 둔갑했다.

"살맛나네."

주찬은 콧노래를 부르며 학과장을 찾아갔다. 사정 이야기를 하니 학과장도 기분 좋은 얼굴이다.

"다행이야. 휴학은?"

"내친김에 다니겠습니다."

"그래. 출석은 다른 교수들에게 잘 말할 테니 이제부터라도 열심히 하게."

평소 학업에 열중했던 덕을 톡톡히 봤다. 학과장은 주찬을 잘 본지라 잔뜩 호의를 베풀었다.

이후 학교생활엔 큰 문제가 없었다. 주찬이 워낙 활기차게 다니자 외려 과 친구들이 근심스런 표정으로 물었다.

"이제 괜찮아?"

"쌩쌩해."

"그래도 조심해."

“아프라고 비는 거야?”

“자식.”

친구들이 웃었다.

늦었지만 주찬은 학교와 집을 오가며 학과 공부에 열중했
다.

혹시 모를 장학금 때문이다.

그동안 사고 후에 머리가 멍했던 탓에 공부할 시간이 없었
다.

“골치 아프네.”

이번 학기에 장학금을 타지 못하면 아르바이트로 학비를 충
당해야 할 일이 기다리고 있다.

단 두 달 내에 학비와 생활할 돈을 벌 아르바이트란 세상에
없다.

“빌어먹을.”

남들처럼 잘난 집에 태어나지 못한 원죄다.

“풋, 그걸 내 마음대로 할 수 있는 건 아니지.”

주찬은 머리를 흔들어 복잡한 심정을 정리했다. 마음을 가
다듬고 길게 심호흡한 후 오랜만에 책을 펼치는 주찬의 심장
이 두근거렸다.

“이거 또 두통 오면 어떻게 하나.”

걱정스러웠지만 일단은 파고들어 가봐야 될 일이다. 주찬은
천천히 전공 책 속으로 빠져들어 갔다.

30여 분 후 주찬이 놀라 책에서 눈을 떼고 벌떡 자리에서 일

어났다.

"무슨 일이야, 도대체?"

얼굴은 붉게 상기되어 있고 눈은 더 이상 커질 수 없을 만큼 동공이 확장되었다. 도무지 이해할 수 없는 일이 벌어졌다.

"이게……."

어이없이 가만히 책을 바라보던 주찬이 혹시나 하는 마음으로 다시 한 번 책상에 앉았다. 놀라운 일은 일회성이 아니다.

"이렇게 쉬웠나?"

전공 책을 보면서 내용이 머릿속에 쏙쏙 들어오는 건 물론이고 그동안 골치 아파했던 온갖 수식이 한눈에 쏙 들어오는 기분이다.

"대박이야."

주찬은 기쁨에 어쩔 줄 몰라 하면서 책을 마치 건성으로 넘기듯이 정신없이 뒷장을 넘겼다. 두꺼운 책을 다 보는 데는 채 한 시간이 걸리지 않았다.

주찬은 눈을 감고 읽었던 내용을 생각한 후 볼펜을 들고 정신없이 연습장에 옮겨 적기 시작했다.

슥슥슥.

그토록 어려웠던 문제들이 마치 전에 알았던 것처럼 술술 풀려 나갔다. 떨리는 손은 쉴 새 없이 움직였고, 어느새 눈을 번쩍 뜬 주찬이다.

"유레카!"

자신도 모르게 튀어나온 단어.

왜 그리스에서 미친 노인네가 되어 알몸뚱이로 뛰어다녔다
는 그 사람이 생각나는지 모르겠다. 주찬은 떨리는 손으로 나
머지 책들을 펼쳤다.

평소 언젠가 읽겠단 결심 끝에 헌책방을 뒤져 산 난해한 서
적이다. 당연히 몇 페이지 보다가 집어 던진 적이 한두 번이
아니다.

"이 책도 될까?"

긴장감이 더욱 커졌다.

처음엔 어려웠다.

이해하려 노력했으나 전과 별 차이가 없었다.

"여기까진 무린가?"

전처럼 집어 던지기 직전.

"가만."

뇌리가 번뜩인 느낌.

지겨움을 무릅쓰고 끈기있게 읽어갔다.

보기만 해도 어지럽던 공식.

살짝 그 속살을 드러내는 기분이다.

"이것 봐라?"

성취가 있으니 버틸 만했다.

한 시간이 지난 후 멍하니 연습장에 적힌 글을 바라보는 주
찬의 얼굴이 약간은 두려움에 절었다.

"무슨 일이 벌어진 거야? 혹시 그 두통이……"

침착하려 애쓰며 지나왔던 과거를 천천히 떠올렸다. 마침내 주찬의 입을 비집고 나오는 중얼거림.

"두통이 사라지면서 뇌 기능을 활성화시킨 건가?"

그거 외에는 어떠한 이유를 대도 설명할 수 없는 기묘한 현상이다. 한참을 고심하던 주찬이 자신도 모르게 웃고 말았다.

"어쨌든 좋은 일이잖아?"

그 생각이 들자 나머지 시험 과목도 미친 듯이 파헤쳐 들어갔다. 일곱 시간이 지나자 책상에서 일어나 길게 기지개를 켜는 주찬이다.

"전 과목을 일곱 시간 만에 끝냈다는 거야? 그것도 완벽하게? 괴물이 된 건가?"

미친 거 같은 기분이었다.

주찬은 시선이 간 책장에 있는 책을 하나씩하나씩 꺼내 읽어보기 시작했다. 마찬가지다. 어떤 책을 보든지 간에 눈에 쏙쏙 들어오고 마치 뇌 속에 정리함이라도 있는 듯이 차곡차곡 쌓여가는 기분이다.

"그렇다면 이것은……."

평소에 그토록 어려워했던 과학 서적이다. 언젠가는 완독을 하리라 결심하고 1학년 때 사뒀던 책.

하지만 먼지만 뿌옇게 쌓인 채 책장 안에 장식품으로 전락한 지 오래다. 주찬은 첫 장을 넘겼다.

시간은 흘렀다.

그가 다시 마지막 장을 덮었을 때는 마치 힘이 빠진 사람처럼 풀썩 방바닥에 주저앉고 말았다.

“내가 천재가 된 거야? 정말 그런 거야?”

누구한테라도 달려가 이걸 쉴 새 없이 전하고 싶었다. 흥분된 마음으로 막 뛰어나가려던 주찬이 주춤거렸다.

“이걸 누가 믿어주겠어.”

미친놈 취급 안 하면 다행이다. 주찬은 한동안 가만히 있다가 벌떡 자리에서 일어났다.

“아니, 그렇다면……?”

앞날이 훤히 비치는 기분이다.

“좋아, 정말 이게 하룻밤의 꿈이 아니라면 해보는 거야.”

번쩍이는 눈빛은 주찬의 결심을 대변하고 있다.

“확인해 봐야지.”

주찬은 그 길로 바로 학교 중앙도서관으로 직행했다. 자신의 생각이 맞는다면 포항에서 생긴 일에 대해서도 연구해 보고팠다.

“내 일이니깐.”

스스로 해결해야 했다.

시험 때라 그런지 학생들이 열람실을 그득 메운 모습이다. 도서관에 들어서자마자 평소에 거들떠보지도 않던 과학도서 쪽으로 걸어갔다.

‘시작해 볼까?’

두꺼운 책을 몇 권 꺼내 들고 정신없이 읽어갔다.

역시 처음엔 워낙 난해해 설명을 보기도 답답했다. 그러나 끈기를 가지고 하나씩 정독하자 머릿속이 환해지는 기분이다.

이후 조금씩 실마리를 드러내는 이론들.

주찬은 아주 작은 소리로 중얼거렸다.

'내가 갑자기 천재라도 된 거야?'

어려운 이론이 너무도 쉽게 머릿속에 박히는 게 아닌가.

벅찬 기분에 책을 서너 번 뽑아 들어 펼쳐 봤다. 시간의 차이일 뿐 똑같은 결과였다. 골치 아픈 이론이 마치 벌거벗고 달려드는 기분?

'하!'

솔직히 기쁜 건지 두려운 건지 모르는 순간이다.

'시간은 많아.'

애써 마음을 정리한 주찬은 얼른 다른 쪽으로 향했다. 이번에는 인문과학도서, 어려운 철학 책을 꺼내놓고 정독하며 읽어봤다.

'데카르트 사상 입문.'

평소라면 제목부터 골머리가 아플 책이다.

큰 기대를 가지고 책장을 넘기는 주찬의 얼굴이 변하는 데는 그리 오랜 시간이 필요하지 않았다.

'이건 아니네.'

옛날보다는 나아졌지만 그래도 골치 아픈 건 사실이었다. 다른 철학 책 몇 권을 꺼내본 주찬이 고개를 들었다.

탁.

책을 덮는 순간 짜증스러운 표정이다.

전과 거의 비슷한 이해도였다.

곰곰이 생각하다가 다시 서가를 바꿔 과학 서적을 꺼내 읽었다. 역시나 그다지 어려움을 느끼지 못했다.

아니, 처음과 달랐다.

이해하는 데 걸리는 시간이 반 정도 짧아진 느낌이다.

'왜 하나만 돼?'

머릿속이 온통 헝클어진 실처럼 혼란스러웠다.

"뭐가 진실이야!"

자신도 모르게 뺙 소리치고 말았다. 순간 모든 학생의 시선이 자신에게 집중됐다.

'음?'

주찬은 얼른 고개 숙여 미안하다는 눈치를 주곤 밖으로 줄행랑을 치고 말았다.

자판기에서 커피 한 잔을 뽑아 들고 벤치에 앉은 주찬이 깊은 사색에 잠겨 들어갔다.

'과학은 되는데 인문은 안 되는 이유가 뭘까?'

현재로선 풀리지 않는 수수께끼였다.

아무리 생각해도 그때 포항에서 벌어진 일이 이렇게 만든 원인인 것 같다.

일단 좋은 일이다. 굳이 그 원인을 찾을 필요는 없지만 냉정하게 미래를 바라봐야 했다.

만약 이런 일이 생긴 걸 다른 사람들이 안다면 그다음 인생은 아찔했다.

　남보다 뛰어나면, 모난 돌이 정 맞게 마련이다.

　"그럴 수는 없지."

　사람들은 타인이 뛰어난 걸 견디지 못한다.

　그건 근본적인 자존심일지도 모른다.

　잘못하면 어둠에서 뭔가 맞고 죽을 일이 생길지도 몰랐다.

　이휘소 박사.

　한국이 낳은 세계적 물리학자.

　의문의 교통사고로 사망한 사람.

　그 사람만 생각해도 이 사실은 감춰야 했다.

　그런데 이상한 일은 하나 더 있었다.

　"몸이 왜 이렇게 가볍지?"

　그리고 보니 요즘 들어 계단을 오르내릴 때 힘들다는 느낌을 한 번도 받은 적이 없다.

　'몸도?

　그 생각이 들자 주찬은 망설임없이 운동장으로 향했다. 마침 가벼운 옷차림에 운동화를 신어 달리기에는 좋았다.

　400미터 트랙 앞에 선 주찬은 대뜸 전력으로 질주하기 시작했다.

　탁탁!

　바람을 가르는 상쾌함, 전과는 달리 한결 가벼워진 몸이 사뿐사뿐 땅을 지르밟고 있다.

　400미터 트랙을 거의 돌았을 무렵에도 숨차단 걸 그다지 느끼지 못했다.

전이라면 호흡이 한참 거칠어질 지점이다.

"조금 더."

한 번 더 돌았다. 두 바퀴를 돌아도 이상이 없자 나머지 반 바퀴를 내쳐 돈 주찬이 제자리에 멈췄다.

호흡?

거의 정상이다.

반사적으로 시계를 보니 기록이 2분 58초. 평소보다 1분 30초 이상 빨랐다.

대학에 들어와 운동을 제대로 하지 못해 1,000미터 마지막 기록이 4분이다. 지금은 최소한 4분 30초는 넘어야 정상이었다.

그런데 3분도 되지 않는 시간에 들어왔다. 그리고 호흡도 별로 가쁘지 않았고 몸은 오히려 더 활기찬 신호를 보냈다.

"내가 뭐가 된 거야?"

작은 두려움이 밀려왔으나 고개를 흔들었다. 쓸데없는 걱정으로 이 기쁨을 놓치고 싶지는 않다.

이젠 인정해야 했다.

"일단 몸과 머리가 달라진 것만은 확실해."

보통 사람이었던 주찬은 다리가 후들거림을 느꼈다.

흥분, 그리고 약간의 초조함, 복잡한 감정이 머릿속을 휘몰아쳤다.

한동안 스탠드에 앉아 곰곰이 생각하던 주찬이 벌떡 자리에서 일어섰다.

"겪어보면서 판단하자."

지금부터 섣부른 어떤 판단도 내릴 수 없다.

'가만.'

주찬은 내친김에 하나를 더 테스트해 볼 생각을 굳혔다. 사방을 두리번거리다 곧 인적없는 학교 내 숲 속으로 들어갔다.

다행히 서울시립대는 여기저기 숲이 많아 시선을 피하기는 좋았다.

'이쯤이면 되겠지?'

둘러봐도 어디에도 한 사람도 보이지 않았다. 주찬은 조심스레 정신을 집중하다가 피식 웃었다.

'뭐 배운 게 있어야지.'

군대에서 배운 태권도가 전부다. 어려서부터 그다지 싸움에는 흥미가 없었던지라 주먹질에 약간 서투른 감이 있다.

'일단 해보고 생각하자.'

주찬이 바로 자세를 잡았다. 그리고 천천히 군대태권도 동작을 기억하며 먼저 발차기를 시도해 봤다.

휘익!

바람 소리와 함께 쭉 뻗어 올라가는 발.

"얼씨구?"

거의 키와 수평이 되도록 올라가는 발이다.

'내가 이렇게 유연했어?'

생각난 김에 여러 자세를 취해봤다. 허공에서 돌려 차자 평소보다 두 배 이상 떠오르는 몸에서 날렵하게 360도로 돌려 차는 발이 힘찼다.

위잉!

거센 바람 소리마저 귓전을 울렸다.

'이거 봐라?'

바로 정권을 내질러 봤다.

팡.

절도있는 동작. 어딘지 모르게 올라온 힘이 가득 손에 들어가는 느낌이다. 신이 나자 한동안 온갖 동작을 거푸 써봤다.

그렇게 한참을 실험해 보던 주찬이 제자리에 우뚝 섰다.

'확실히 달라지기는 했어.'

전과 달리 온몸이 활기로 넘치고 힘이 충만한 것을 느꼈다.

하는 김에 바로 한 아름이나 되는 나무를 정권으로 후려치려다가 잠시 주춤했다.

'이러다 손뼈 나가지.'

바로 발로 바꿨다. 옆차기로 나무를 있는 힘껏 강타해 봤다.

뻑!

둔탁한 소리와 함께 아름드리나무가 부르르 떨었다.

'이거 봐라?'

주찬은 놀라다 못해 눈이 잔뜩 커졌다. 전보다는 아무리 깎아내려도 엄청나게 발전된 신체 상태다.

"헉."

주찬은 다음 순간 하나를 깨닫고 또 한 번 놀라고 말았다.

그렇게 격렬하게 몸을 움직였는데도 숨소리 하나 거칠어지지 않았다. 잠시 우뚝 선 주찬은 자신도 모르게 중얼거렸다.

"좋은 일이야? 아니면 갑자기 힘이 넘치다가 이러다 죽는 거 아니야?"

쓸데없는 불길한 생각마저 들 정도였다.

다만 할 일은 분명히 있다. 그동안 시간이 없어 머리가 남들보다 특별히 뛰어나지 못해 신경 쓰지도 않았던 한 가지를 처리할 생각이다.

주찬은 그 길로 중앙도서관으로 향했다. 마침 취업 철을 맞아 학교 도서관은 한정적으로 24시간 개방이라 움직이기는 한결 편했다.

그때부터 기말고사 내내 도서관에서 책을 파고들었다. 전이라면 상상도 못할 일이었지만 지금은 가능했다.

그런데 어디서나 방해가 있는 법이다.

"여기서 뭐해?"

어깨를 툭 치는 손길에 놀라 고개를 들어보니 같은 과 친구가 빙그레 웃고 있었다.

"책 좀 봐."

"웬일이야?"

"난 책 보면 안 된단 법이라도 있나?"

"도서관에서 너 보니까 신기해서 그래. 너 한 번도 안 왔었잖아."

“이 넓은 도서관에 내가 왔는지 안 왔는지 네가 어떻게 알
아?”

일단 대뜸 반박은 했지만 친구는 빙그레 웃었다.

“도서관 다니다 보면 서로 다 알게 되어 있거든. 넌 한 번도
본 적이 없어.”

“내가 원래 좀 그래.”

대충 얼버무린 주찬이다.

“시험 끝나고 술 한잔하자.”

“그래.”

의례적인 인사말일 뿐이다. 친구도 전공 공부가 바쁜 터라
더 이상 따지지 않고 씩 웃으며 사라졌다.

다시 책을 보면 볼수록 묘한 경험을 했다.

“그렇구나.”

처음에는 어려워 보이던 문제를 파고들면 파고들수록 그 원
리가 눈에 쏙쏙 들어오는 기분이다. 전이라면 머리부터 흔들
고 말 난해한 과학 기술 문제들도 파고들자 조금씩 조금씩 그
실마리를 드러냈다.

꼬박 반나절을 도서관에서 보낸 주찬이 커피 한 잔을 마시
러 휴게실로 다시 나왔다.

후르륵.

따스한 믹스커피가 뱃속에 들어가자 훈훈해진 기분이다. 주
찬은 또 하나를 느꼈다. 어려운 과학 쪽의 문제라도 파고들자

풀 수 있다는 자신감.

그거 하나만으로도 훌륭했다.

잘은 몰라도 자신이 푼 문제는 설령 서울대학 박사 과정이라도 쉽게 풀지 못할 난해한 문제였다. 그 문제를 풀었단 자부심, 그건 한마디로 성취감이었다.

이리 파고든 건 분명한 이유가 있었다.

"이제 스스로 알아봐야지."

도서관에 온 주목적을 해야 할 시간이다.

"포항에서 무슨 일이 일어난 걸까?"

풀리지 않은 의문을 해결해야 했다. 앞으로 살아갈 날을 위해서라도 꼭 해내야 할 일이다.

모른다면?

평생 고민할 일이기도 했다.

다시 들어온 주찬이 천천히 우주물리학 서적들을 찾아 읽어가기 시작했다.

이제부터 의문을 풀어야 했다.

반물질학.

"이거야."

입자가속기란 반물질을 규명하기 위한 시설이란 건 알았기에 대뜸 집어 든 책이다.

그 후 수십여 권에 달하는 전문 서적에 푹 빠진 주찬은 독서삼매경에서 헤어 나오질 못했다.

하루, 이틀.

삼 일이 지나자 비로소 머릿속에서는 한 가지 가설이 세워지고 있었다.

전자 둘이 쿠퍼쌍을 이뤄 하나의 입자처럼 움직이면 놀라운 효과가 생긴다. 개별 전자에서는 전혀 볼 수 없었던 일종의 '방향성'이 생기기 때문이다.

금속의 온도가 임계온도 아래로 내려가면 전자들이 쿠퍼쌍을 이루기 시작한다. 이때 생기는 쿠퍼쌍들은 똑같은 위상을 가진다.

이는 흡사 시청 광장에 모인 수많은 사람들이 갑자기 모두 한쪽 방향을 향하고 있는 것과도 같다.

이렇게 되면 모든 쿠퍼쌍들이 마치 하나의 덩어리인 것처럼 행동한다. 그리고 같은 방향성을 가진 쿠퍼쌍들은 어지간한 장애물을 만나도 그 상태를 계속 유지한다. 그 결과 전기 저항이 완전히 사라진다.

물리적 계의 위상 변화와 관련된 대칭성을 게이지 대칭성이라고 한다.

초전도체에서는 이 게이지 대칭성이 깨져 있다. 그래서 초전도 현상이 생기는 것이다.

표준 모형의 소립자들이 힉스(Higgs) 입자를 통해 질량을 얻는 과정(힉스 메커니즘)도 이와 비슷하다.

특히 초전도체가 보이는 중요 특성인 마이스너 효과(Meissner Effect)는 힉스 메커니즘의 원조라 할 수 있다.

마이스너 효과란 외부 자기장이 초전도체 내부를 침투하지 못하는 현상이다.

이는 외부 자기장이 있을 때 초전도체 내부에 초전류가 형성되어 그로 인한 유도 자기장이 외부 자기장을 모두 밀어내기 때문이다.

흔히 자석 위에 초전도체가 공중 부양하는 사진을 쉽게 볼 수 있는데, 이는 마이스너 효과 때문이다. 마이스너 효과가 생기는 이유는 자기장의 실체라고 할 수 있는 광자가 초전도체 안의 쿠퍼쌍과 상호작용을 통해 일종의 질량을 갖기 때문이다.

질량이 커지면 광자가 침투할 수 있는 깊이는 역으로 줄어든다. 이는 마치 치어만 빠져나갈 수 있는 촘촘한 그물을 다 큰 물고기가 빠져나갈 수 없는 것과도 같다.

원래 광자는 질량이 없다. 이는 전자기력이 게이지 대칭성을 가지고 있기 때문이다. 그러나 쿠퍼쌍은 게이지 대칭성을 깬다.

광자가 초전도체 안에서 이들과 상호작용하면 없던 질량이 생긴다.

초전도체 안에서 광자가 없던 질량을 얻는 과정과 소립자가 힉스입자와 상호작용하여 질량을 얻는 과정은 근본적으로 똑같다.

그리고 이것이 가능하기 위해서는 둘 다 게이지 대칭성을 깨야만 한다. 초전도 현상이 일어나는 원리와 우리 우주에서 소립자들이 질량을 얻는 원리가 근본적으로 같은 것이다.

그러니 우리가 살고 있는 우주가 하나의 거대한 초전도체라고 비유할 수도 있겠다.

84 1월 0일

말하자면 우리 우주는 임계온도 아래에 와 있으며 쿠퍼쌍이 생겨
나 대칭성이 깨진 상태인 것이다.

그 결과로 소립자들이, 그리고 소립자로 만들어진 세상 만물이 질
량을 얻은 것이다.

초전도체에서는 쿠퍼쌍의 존재가 여러 경로로 확인되었다. 그러나
우주라는 큰 초전도체의 쿠퍼쌍은 아직 실험적으로 검증되지 않았
다.

그건 힉스 입자였다. 초전도체는 그 힉스 입자를 찾는 데 현실적으
로 도움을 주고 있다. 유럽의 대형강입자충돌기(LHC)는 큰 에너지로
양성자를 가속하기 위해 엄청난 세기의 전자석을 이용한다.

니오브티타늄은 초전도체가 되고, 이 엄청난 전자석의 힘을 이용
해 힉스 입자를 찾는 것이다.

"그렇다면?"
주찬이 중얼거렸다.

반물질(Antimatter).

반물질은 입자와 성질이 같고 전하 값은 반대인 반(反)입자, 즉 반
양성자, 반중성자, 양전자로 된 물질이다.

빅뱅을 통한 우주 탄생의 순간엔 같은 수의 입자와 반입자가 만들
어졌다. 하지만 현재 우리 주위엔 반입자, 반물질은 사라지고 입자,
물질뿐이다.

반입자, 반물질이 사라진 이유는 입자물리학의 최대 미스터리 중

하나다.

　반물질은 물질과 만나면 빛을 방출하면서 함께 사라지는데 이를 보고 쌍소멸이라 말한다.

　스위스의 유럽입자물리연구소(CERN) 등 입자가속기에서 인공적으로 만들어내는 것을 제외하곤 지구상에선 반물질을 찾아보기 힘든 이유다.

　"분명히 반물질 중 뭔가가 조화를 부린 거야."

　겨우 실마리를 찾았다.

　아직 장님 코끼리 더듬기지만 이제 출발점이다. 천천히 시간을 두고 밝혀볼 생각이 굳었다.

　주찬은 안개처럼 모호하지만 분명한 걸 느꼈다. 반물질을 인간이 정통으로 맞았다면 쌍소멸, 즉 죽어야 마땅했다.

　그런데 살았다.

　그렇다면 그 완충작용을 해낸 미지의 물질이 있단 이야기다.

　아무리 머리를 굴려도 그 지점에서 멈추니 환장할 지경이다.

　"모르겠어."

　주찬이 머리를 저었다.

　아직은 여기까지다.

　주찬은 지식을 흡수하는 기쁨에 젖어 모든 일을 도외시한 채 도서관과 강의실을 오가면서 하루하루를 보냈다.

드디어 기말고사 시험이다. 첫 과목은 늘 머리를 썩이던 유전자학. 길게 심호흡을 하고 시험지를 받아본 주찬은 가슴이 두근거렸다.

전에 그토록 어려웠던 문제가 오늘은 가벼운 워밍업?

더 이상은 아니었다.

'다 아는 거잖아.'

헤벌쭉 벌어지는 입을 애써 감추며 주찬은 부지런히 볼펜을 놀렸다.

슥슥슥.

상당한 난이도를 자랑하던 것들이 마치 초등학교 문제처럼 자연스럽게 풀려 나갔다.

'시험이 이렇게 즐거운지 몰랐어.'

콧노래가 절로 나올 거 같았지만 꾹 참고 한 문제 한 문제 장인의 정성을 깃들여 풀어나갔다.

'한 땀 한 땀 뜬다는 장인정신이 뭔지 알겠다.'

술술 풀리는 시험 문제에 희열감마저 돌았다.

슥슥.

30분이 지났을 무렵 이미 모든 문제를 다 풀고 자리에서 일어섰다. 당당하게 시험지를 들고 나간 주찬이 교탁 앞에 올려놨다.

"벌써 다 했나?"

담당 교수의 질문에 빙긋 웃으며 고개 숙여 인사하고 강의실 밖으로 나갔다.

"오예!"

갑자기 연신 주먹을 허공으로 뻗어댄 주찬의 얼굴은 환하게 빛났다.

미친 듯이 캠퍼스를 활보하는 주찬.

시험에 찌들어 허덕이던 주위의 학생들은 이상한 눈빛이다. 주찬은 막 옆을 지나가는 한 학생에게 물었다.

"왜, 미친놈으로 보이셔?"

절레절레.

고개만 젓고 얼른 지나쳐 간 학생들이다.

시험 보고 이렇게 개운한 적은 생전처음이었다. 늘 시험은 고통만을 안겨줬는데 이번만은 아니었다.

'뭐가 변했을까?'

지금은 생각하고 싶지도 않고 오로지 이 기분만을 즐기고 싶었다. 주찬은 즐거운 마음으로 빈 강의실을 찾아 다음 시험 공부에 들어갔다.

그런데 이내 책을 덮고야 말았다.

'다 아는 건데 왜 또 보냐?'

보자마자 술술 풀리며 머릿속에서 맴도는 답들, 더 이상 공부할 필요가 없었다.

느긋하게 오후의 햇빛을 즐기며 시간을 보냈다.

나머지 시험도 무난하게 끝낸 주찬은 한결 홀가분한 마음으로 학교를 나섰다.

시험 시즌이 끝나 다시 강의 시간만 기다리는 주찬에게 과 대표가 찾아왔다.

"주찬아, 교수님이 부르시는데?"

"어떤 교수님?"

"송영철 교수님 말이야. 교수 연구실로 오래."

"그래?"

고개를 갸웃거리며 걸음을 옮겨 이내 교수 연구실 문을 두드린 주찬이다.

똑똑.

"들어와."

문을 열고 들어서자 송영철 교수가 주찬을 보고 자리를 권했다.

"이쪽에 앉아봐."

"무슨 일로 부르셨습니까?"

자리에 앉으며 주찬이 묻자 송영철 교수가 심각한 표정으로 물었다.

"자네, 이 문제 한번 풀어보지."

슬쩍 내민 문제지엔 보기만 해도 눈이 핑핑 돌아가는 난해한 과학 공식 문제가 적혀 있었다.

"갑자기 이건 왜요?"

"일단 풀어봐."

송영철 교수의 말에 주찬이 천천히 문제에 집중했다. 그러나 이윽고 왜 이런 문제를 자신에게 주는지 바로 간파할 수 있었다.

'시험 답안이 의심되시는 겁니까?'

겉으로는 말하지 않았지만 내심 중얼거린 주찬이 볼펜을 들었다.

슥슥슥.

한번 풀어본 문제기에 그다지 어려움없이 풀어 내려가는 주찬이다. 문제 하나를 푸는 데 3분이나 지났을까?

마침내 정답을 쓴 후 볼펜을 내려놨다.

"다 풀었습니다."

"이리 줘보게."

송영철 교수가 천천히 읽어 내려가더니 안색이 슬쩍 굳어졌다. 한참을 읽어보더니만 고개를 끄덕이며 주찬을 바라보았다.

"자네, 그동안 뭐 했나?"

"열심히 공부했는데요."

"그거참."

고개를 절레절레 흔드는 송영철 교수다.

"무슨 문제라도 있으십니까?"

"아니, 이 문제는 말이야, 내가 학생들한테 한번 실력 테스트를 해볼 겸 내본 문제야. 사실 정답과 오답에 상관없이 학점을 줄 생각이었지만 자네가 처음으로 풀었어."

"아, 그런 겁니까?"

순간 찔끔한 주찬이다.

'별걸 가지고 다 시험을 하고 그러시네.'

송영철 교수가 주찬을 유심히 바라보며 말했다.

"자네, 이쪽에 재능이 있는 거 같은데 내가 왜 자네를 몰라 봤지?"

"잘 모르겠습니다."

빙긋 웃는 주찬이지만 속으로는 다른 마음이었다.

'이런 기회가 없었다면 나한테 이런 말을 했을까?

전혀 아니었다. 평소 깐깐하기로 소문난 송영철 교수다. 학생을 대할 때도 냉정하고 늘 무표정으로 대해 별명이 나치 시절 악명 높았던 비밀경찰을 지칭하는 게슈타포다.

그런 교수가 자신에게 친절을 베푼다는 거, 이건 다른 학생이 들으면 경악해도 한참 경악할 일이었다.

송영철 교수가 넌지시 제안했다.

"어떤가, 내 교수 연구실에서 있는 게?"

좋은 제안이었다. 하지만 이내 주찬은 고개를 흔들었다.

"말씀은 감사합니다만 어려울 거 같습니다.".

"무슨 일이 있나?"

"아르바이트를 해서 생활비를 버는 입장이거든요. 연구실에서 공부할 시간이 없습니다."

"그거참, 어쩔 수 없지. 언제라도 마음이 변하면 오게. 그리고 자네 같은 경우 대학원을 가는 게 좋을 거 같은데 어떻게 생각하나?"

뜻밖의 제안이다.

송영철 교수가 대학원을 제안할 때는 뒤를 봐준단 의미도 있는 게 분명했다.

순간 주찬은 생전 꿈꿔보지도 않았던 한 가지 생각이 머리를 강타했다.

'교수.'

괜찮은 직업이고 사회 상류층으로 들어갈 수 있는 길이기도 했다.

'한번 해볼까?'

그런 생각이 들었지만 아직은 조심스러웠다. 언제 이 능력이 사라질지도 모르고 공연히 땀 빼다가 물거품으로 날아갈 위험을 감수하긴 싫었다.

원래 자신의 능력이 아닌 바에야 항상 조심스럽게 대해야 하는 건 사실이다.

"생각해 보겠습니다."

"그래, 가서 일봐."

다시 냉정한 모습으로 돌아온 송영철 교수였지만 얼굴 한편에 부드러운 미소가 흐르고 있었다. 그건 그만큼 주찬에게 관심이 있다는 표시다.

"그럼 교수님, 가보겠습니다."

"수고해."

인사를 하고 연구실을 나온 주찬이 주먹을 불끈 쥐었다.

"교수라……. 좀 더 지켜보고."

일단은 뒤로 움츠러들 때였다. 아직 자신의 능력을 함부로

내보일 생각은 없다. 그건 곧 어떤 위험에 처할지도 모르는 일
이다.

그걸 항상 명심하자고 몇 번씩 거듭 다짐하는 주찬이었다.
하지만 마음속으로 솟아오르는 희열까지 감당하기는 어려웠
다.

"아자! 아자!"

다시 한 번 용기백배한 기합 소리가 절로 입에서 흘렀다.

Chapter 03
새로운 일자리

1월 0일

　드디어 방학이 임박하자 기다리던 성적 발표 일이 닥쳐왔
다. 아침부터 초조한 마음으로 학과 사무실을 찾은 주찬이 학
과 조교에게 물었다.

　"장학생 선정됐나요?"

　"이번엔 자네 이름이 없네. 교수님들이 말씀하시는데 기말
성적은 단연 최고였어. 다만 중간고사가 문제라 하시네."

　학과 조교도 아쉬운 표정이다. 늘 수석만 차지하던 주찬의
탈락이다.

　이해가 가는 설명이다.

　그때 사고 탓에 멍한 순간 치렀던 중간고사 성적이 문제였
다. 결국 합산 점수에서 밀린 것이다.

기말고사의 가공할 성적 때문에 혹시나 하는 마음이 싹 지워졌다.

평소 피우지도 않는 담배 생각이 절로 났다.

"환장하겠네."

이제 등록금을 벌어야 했다. 물론 얼굴에 철판 깔고 집에 요청하면 주겠지만 그건 아니었다.

늘 뻔한 수입, 자신의 등록금을 낸다면 좀 더 허리띠를 둘러맬 게 분명했다. 한두 살도 아니고 그런 신세를 지기는 싫었다.

"장학금으로 버텼는데……."

이제는 스스로 등록금을 벌어야 할 입장이다. 아차 하다간 늘 신문에서 떠들던 학자금 빚쟁이가 될 신세다.

"대출은 안 돼."

다짐에 다짐을 거듭하는 마음이다. 젊은 나이에 은행에 빚쟁이가 되는 건 절대 안 될 말이다.

다시 아르바이트를 할 생각이다.

"건강한 몸이 있는데……."

주찬은 홀로 다짐했다.

아르바이트 자리를 놓고 고민하던 주찬이 무릎을 탁 쳤다.

"뭐 하는 짓이야?"

전과 다른 능력을 가진 자신이다. 그걸 이용해 뭔가 돈이 되는 걸 찾아야 했다.

“써먹을 수 있는 데가 어디 있지?”

잠깐 생각해 보니 답이 나왔다.

수학.

전과 달리 어떤 수학 문제를 봐도 금방 해법을 찾아내는 능력이 떠올랐다. 그건 또 하나의 축복이었다.

“그렇지. 학원 강사를 하면 되지.”

그래도 사전 점검은 필수였다.

간단한 수학 문제를 놓고 혼자 설명해 봤다.

“미분의 원리는…….”

술술 나오는 말. 자신이 들어도 머리에 쏙쏙 박히는 명쾌한 설명이었다.

“이것 봐라?”

스스로도 놀랄 정도다. 완벽한 이해에 바탕을 둔 말솜씨도 전과 완전히 달랐다.

“해볼 만해.”

자신감이 생기자 곧장 구직 사이트를 뒤지기 시작했다. 아니나 다를까, 학원 강사를 뽑는 곳이 무수하게 많았다.

“어디가 좋은지 알 수가 있나.”

맞는 이야기였다. 가기도 전에 좋은 학원과 나쁜 학원을 구분하기는 어려웠다. 그러나 주찬은 처음부터 통 크게 나가기로 했다.

일단 자신의 실력을 믿었다.

“기왕이면 좋은 데로 가자.”

보니 꽤 명문이라는 입시학원이 몇 군데 보였다. 당연히 갈 수만 있다면 수입은 보장됐다.

"이 정도면 되겠지?"

바로 인터넷으로 이력서를 써 이메일로 보내놓고 길게 기지개를 켰다.

"일곱 군데 보냈나? 그중 하나는 걸리겠지."

일을 처리한 후 주찬은 편안하게 침대에 드러누웠다.

삐그덕.

낡은 침대 매트리스가 비명을 질렀다.

"조금만 참아라. 아주 좋은 침대로 허리를 호강시켜 주지."

자신만만한 미소. 마치 세상천지를 다 얻은 기분이다.

그러나 불과 하루도 지나지 않아 좌절에 빠져든 주찬이다.

"어떻게 이럴 수가 있어."

단 한 군데도 연락이 오지 않았다. 답답한 마음에 전화를 걸어본 주찬이다.

"저 이번에 이력서를 보낸 이주찬이라고 합니다만……."

"아, 이주찬님이요? 죄송합니다만 우리 학원하고는 맞지 않습니다. 우리 학원에서는 기본적으로 대학생은 사절입니다."

"네, 그렇군요. 알겠습니다."

전화를 끊고 나자 허탈했다.

"별게 다 걸리는군."

이제는 눈높이를 낮춰야 했다. 동네 보습학원들을 보자 벌써 월급부터가 달랐다.

고작 백여 만 원이 최고일 정도.

"이래서 언제 돈을 벌지?"

답답한 일이었지만 일단 현실은 어쩔 수 없었다.

용기를 내 다시 찾아보니 그나마 변두리 입시학원 강사 모집이 보였다. 바로 몇 군데 원서를 넣어놓고 차분하게 기다리는 일만 남았다.

"이러다가 괜히 시간만 허비하는 게 아닐까?"

약간의 두려움이 올라왔다. 처음의 자신감이 조금씩 사라지는 기분이다.

역시나 아무 곳에서도 연락은 없었다. 여기서 좌절할 주찬이 아니었다.

"목마른 사람이 우물을 파는 법이지."

스스로 위안한 주찬이 이력서를 보낸 학원에 먼저 전화했다.

"안녕하세요. 이번에 수학 강사 지망한 이주찬이라고 합니다."

"아, 네."

상대는 조금 당황한 목소리다.

주찬은 태연하게 말했다.

"꼭 거기서 일하고 싶습니다. 수학 강의는 정말 자신있습니다."

"그게……."

"기회를 주신다면 실력을 보여 드리겠습니다."

"음. 알았어요. 고려한 후 연락 주지요. 아까 이주찬 씨라고 했나요?"

"맞습니다."

"전화 드리죠."

그렇게 첫 통화가 끝났다.

역시 먼저 치고나가자 상대가 그리 나쁜 반응은 없었다.

"내친김에 다 하는 거야."

주찬은 휴대폰 배터리가 방전되는지도 모르고 부지런히 이력서를 낸 학원들마다 연락했다. 마지막 통화를 끝내자 입에 침이 마를 지경이다.

"말하는 것도 힘드네."

격한 중노동을 치른 느낌이다. 이제 최선을 다했으니 편한 마음으로 결과를 기다려 볼 생각이다.

"아니면 호프집 알바나 하고."

그리 마음먹으니 차라리 속 편했다.

이틀이 지났다.

띠리리.

휴대폰이 울리자 주찬은 얼른 전화를 받아 들었다. 모르던 번호였기에 더욱더 가슴이 설레는 건 사실이다.

크게 숨 쉰 후 일부러 목소리를 내리깔았다.

"예, 이주찬입니다."

"저희 학원에 강사로 오신다고요?"

"예, 어디 학원이죠?"

"이력서를 많이 넣으셨군요. 여기 대진학원입니다."

상대가 웃었으나 주찬은 뻔뻔하기로 마음먹고 물었다.

"아, 예. 어떻게 됐습니까?"

"지금 오셔서 면접을 보시는 게 어떨까요?"

"알겠습니다. 지금 당장 가겠습니다."

"위치는 아시죠?"

"그럼요. 그럼 이따가 뵙겠습니다."

휴대폰을 내려놓자마자 지도 검색 후 곧바로 지하철로 달려
간 주찬이었다.

불과 10분도 지나지 않아 학원 원장실에 도착한 주찬이 꾸
벅 인사했다.

"이주찬이라고 합니다."

"그래요. 서울시립대를 다니신다고요?"

"예, 이제 3학년입니다."

"원래 대학생은 안 뽑습니다만 열의가 대단하셔서 기회를
한번 주는 겁니다."

원장은 약간 미심쩍은 표정이었으나 주찬은 망설임없이 바
로 대답했다.

"일단 수학 강의 시범을 보이죠. 제가 설명하는 걸 보고 판

단하시는 게 어떨까 싶습니다만.”

“그래도 되겠습니까?”

약간 조심스러운 목소리였으나 자신있는 주찬이 서슴없이 고개를 끄덕였다.

“기회만 주십시오.”

“좋습니다. 그럼 잠시만요.”

원장은 바로 책상으로 가 뭔가를 뒤적거리더니 문제지 하나를 꺼내 들었다.

“자, 이 문제가 좀 난이도가 있는데 설명해 보시겠습니까?”

바라보자마자 답을 알 수 있을 정도였다.

“시작하죠. 복소수란…….”

주찬은 자신감있게 술술 설명했다. 옆에서 듣고 있던 장일수 원장 표정이 점점 변해갔다.

‘이럴 수가!’

자신이 낸 문제는 시내 명문 학원에서 고3 특화학습반에서 학원 강사들이 주로 설명하던 문제다. 이른바 동경대학 입학 문제들이다. 그 문제를 서슴없이 설명한 주찬을 보자 눈이 번쩍였다.

‘이거 물건 하나 들어온 거 아니야?’

표정 숨기기 바쁜 원장이다.

이윽고 마지막 문제까지 다 설명한 주찬이 문제지를 정중히 건네주었다.

“어떤가요?”

꼼꼼히 듣던 장일수 원장이 고개를 끄덕였다.

"실력이 상당하시네요. 그런데 이 실력 가지고 어떻게⋯⋯."

왜 명문대학을 안 갔느냔 물음이었으나 시치미를 뗀 주찬은 서슴없이 대답했다.

"대입 당시 배탈이 나서 시험을 제대로 못 봤습니다."

"아, 그런 일이⋯⋯."

솔직히 그런 일은 없었다. 하지만 일단 좋은 인상을 심어주기 위해 선의의 거짓말도 필요했다.

원장이 잠시 고민하더니 이내 입을 열었다.

"일단 경력이 없으시기 때문에 바로 고3을 맡기는 어렵고 고2가 어떻습니까?"

"괜찮습니다."

"솔직히 나눠 먹기도 있으나 초보시니 고정급이 나을 겁니다. 그런데 고2는 고3보다 강의료가 상당히 떨어집니다만 괜찮을까요?"

"어느 정도 됩니까?"

"한 130만 원 정도입니다만 주당 여덟 시간만 강의하시면 됩니다."

여덟 시간, 한 달에 토탈 32시간에 130만 원, 지금으로선 괜찮은 조건이다.

"알겠습니다. 그리하겠습니다."

"그럼 바로 내일부터 강의에 들어가셔야 됩니다. 마침 강의

하시던 선생님이 개인 사정상 그만두셔서 비었습니다. 내일
뵙도록 하죠."

"잘 부탁드립니다."

원장이 건네준 수업 자료를 들고 기분 좋게 인사를 나누고
집에 돌아온 주찬이었다.

"아자!"

드디어 수학 강사의 길로 들어선 주찬이 홀로 축배를 드는
기분이 쏠쏠했다.

"이럴 때가 아니지. 혹시 모르니."

그래도 뭔가 불안한 마음에 주찬은 장일수 원장이 준 학습
지를 하나둘씩 펼쳐 보았다.

30분도 지나기 전에 홀쩍 교재를 덮어버리고 바닥에 벌렁
누운 주찬의 얼굴이 밝았다.

"기왕 나선 길 두 탕 뛰어?"

즐거운 고민을 한 순간이었다.

띠리리.

다시 한 번 전화가 걸려오자 얼른 받아 든 주찬이다.

"예, 이주찬입니다."

"여기 성지학원입니다. 저희 학원에 원서를 내셨죠? 면접
한번 보심이 어떨까요?"

"예, 가겠습니다."

이번에는 두 번째 면접이다. 다행히 두 학원 사이가 멀어 서
로 경쟁하는 관계가 아니라 마음도 편했다.

주찬은 휘파람을 불며 다시 성지학원으로 달려갔다. 면접과 강의 테스트는 아주 거뜬하게 통과했다.

집에 돌아온 주찬은 두 손을 하늘 높이 뻗쳤다.

"만세!"

이제 두 개를 합쳐서 270만 원이다. 이번에는 전 학원보다 조건이 10만 원 좋아 140만 원이다. 270만 원, 두 달 하면 540만 원.

아르바이트로 한 달에 270만 원을 번다.

전이라면 꿈에도 생각하지 못할 거액이다.

한 학기 등록금과 바꾼 머리가 큰돈을 선사했다. 당연히 이젠 한결 마음이 놓였다.

아무리 계산해 봐도 즐거웠다.

"등록금에다가 생활비까지 너끈하네."

미래에 대한 청사진이 좌르륵 펼쳐지는 순간이다. 머리가 좋다는 거, 이건 행운이다.

"제발 이 능력이 끝까지 가주기를 빈다."

한편으로 불안한 마음도 있었으나 가볍게 접었다.

"능력 사라지면 호프집 가지, 뭐."

그렇게 마음먹고 나자 한결 편해진 주찬이 느긋한 마음으로 잠자리에 들었다.

다음날 오후가 되자 가진 것 중 가장 깔끔한 옷으로 입고 대진학원으로 향한 발걸음이 밝았다.

도착하자마자 바로 장일수 원장을 만나자 친절하게 강의실로 안내해 줬다.

"자, 여기서 기다리시면 앞으로 10분 정도 후 학생들이 들어올 겁니다. 잘 부탁드립니다."

"최선을 다해보겠습니다."

"아는 것과 강의란 상당히 다른 거 아시죠? 첫 수업은 제가 밖에서 지켜보게 될 겁니다. 그 점은 양해해 주십시오."

"물론입니다."

어차피 돈 벌려고 하는 학원이다. 그 정도까지 양해 못할 정도라면 학원 강사 하지 말아야 했다.

원장이 나가고 나자 잠시 마음이 긴장되고 두근거림을 느꼈다.

"떨리네."

다시 한 번 입속으로 강의 내용을 중얼거려 본 주찬의 얼굴이 삽시간에 굳어졌다.

그 긴장감이 어디 보통이겠는가.

'이거 시작하자마자 서툴러서 잘리는 아냐?'

미처 생각을 정리하기도 전에 학생들이 우르르 들어왔다. 모두 자리에 앉고 나자 다시 장일수 원장이 나서서 학생들에게 말했다.

"새로 여러분을 가르칠 수학 선생님이세요. 잘해봐요."

끄덕끄덕.

별로 대답하는 학생도 없었다. 역시 학교와 다른 것이 학원이었다. 학원은 돈을 받고 아이들을 가르치는 곳이다.

선생의 권위? 그런 건 생각할 여지도 없었다.

'오로지 실력.'

주워들은 풍월로 한 가지만 속으로 다짐하는 주찬이다.

"자, 그럼 선생님, 부탁해요."

그 말과 함께 장일수 원장이 밖으로 나갔다.

이제부터 시작이다.

앞을 바라보니 스무 명의 학생이 영 못 미덥단 눈초리로 자신을 쳐다보는 모습이다.

주찬이 선수 쳤다.

"선생님이 어려 보이니까 좀 이상하죠?"

"그런 거 같아요."

삐딱한 목소리가 저쪽에서 들렸다.

"선생님이 젊다는 건 그만큼 힘이 넘친단 겁니다. 지금부터 여러분은 에너지 풀 파워의 멋진 강의를 접하게 될 겁니다. 아시겠습니까?"

장난스럽게 말하자 아이들의 표정이 한결 밝아졌다.

'자, 이제 시작이다.'

바로 수학 강의에 들어가는 주찬은 마치 전쟁터에 나가는 병사의 심정이었다. 교재를 펼치고 심호흡을 한 후 설명에 들어갔다.

"먼저 함수에 대해서 얘기하겠어요. 함수, 여러분, 함수는 그저 그래프만 그린다고 생각하죠? 그게 아니에요. 일단 함수의 원리를 알아야 해요. 모든 수학은 원리를 알아야 그 풀이법이 쉬운 법입니다. 자, 본 선생님께서 여러분에게 그 멋진 원리를 가르쳐 드리겠어요.”

“하하.”

아이들이 그제야 환하게 웃었다. 역시 유머는 어디에서도 통했다.

그때부터 시작이다.

주찬은 그야말로 청산유수(靑山流水), 자신이 생각해도 희한할 정도로 함수의 원리에 대해 쉽고도 자세하게 설명하기 시작했다.

처음에는 시큰둥하게 듣던 아이들이 눈이 번쩍한 모양이다. 그들이 들어도 한눈에 쏙쏙 들어오는 강의였다.

“우와!”

놀란 한 학생의 목소리에 일제히 고개가 그쪽으로 돌아갔다.

“조용히 해.”

다른 학생이 낮게 경고했다.

주찬이 바라보니 다들 열중한 모습.

그거 하나로도 보람이 있다.

‘자식들.’

더 열심히 수업에 임한 주찬이다. 줄줄 풀어내는 강의 시간은 순식간에 지나갔다.

때르릉.

수업 끝나는 벨소리가 들리자 주찬이 말을 멈췄다.

“아쉽죠?”

“예, 선생님!”

몇몇 아이들이 그때서야 밝게 대답했다.

“자, 다음 시간에는 좀 더 멋진 함수의 원리에 대해서 이 선생님이 입에 침이 마르도록 설명하겠어요. 자, 이번 수업 끝.”

“안녕히 계세요.”

아이들이 처음보다 밝은 표정으로 나가자 순간 자신감이 드는 걸 느꼈다.

“성공!”

아이들의 눈빛을 봤을 때 분명히 전 강사보다는 자신이 훨씬 나은 실력을 가졌음이 분명했다.

‘내가 언제부터 이렇게 강의를 잘했어?

끝나고 나서도 못 믿을 정도였다. 알지도 못하는 설명을 마치 평소에 했던 것처럼 줄줄 설명하는 자신의 모습에 스스로도 당황스러웠다.

만족한 얼굴로 막 교재를 챙겨 나가려는 순간 장일수 원장이 잔뜩 상기된 표정으로 들어왔다.

“선생님.”

전과는 전혀 다른 목소리였다.

“제 수업이 어땠나요?”

“혹시 다른 곳에서 강의하다가 오셨습니까?”

"아니, 생전 처음 하는 강의인데요."

"아이들의 반응이 폭발적인데요."

"그런 거 같지는 않은데요."

"학원에서 저 정도면 아주 폭발적인 반응이에요. 그렇다고 아이들이 다른 반응 보이겠어요? 이거 정말……. 가서 차라도 한잔하시죠."

대뜸 호의적으로 변한 장일수 원장이다. 순간 주찬은 느낄 수 있었다.

'역시 사회는 실력이야.'

어깨 힘을 바짝 준 채 원장의 뒤를 따라가는 발걸음이 한결 가벼웠다.

원장실에서 차를 내준 장일수 원장이 주찬을 바라보며 제안 했다.

"실력이 뛰어나시네요."

"과찬, 감사합니다."

겸손할 생각 없다.

이 바닥에선 실력이 제일이란 건 이미 알고 온 후다.

원장실에서 극찬을 받고 나온 주찬이 서둘러 성지학원으로 걸음을 옮겼다. 처음과는 달리 한결 자신감이 붙은 표정이라 얼굴이 밝았다.

들어가서 원장과 비슷한 인사를 나누고 다시 수업에 들어간 주찬이다. 학생들은 달라졌지만 수업은 똑같았다.

“함수의 원리란……”

마치 앵무새처럼 중얼거리는 주찬. 토시 하나 틀리지 않고 그대로 수업을 진행한 후였다. 역시나 학생들의 반응은 폭발적이었다. 수업이 끝나 나오려는 순간 한 학생이 손을 번쩍 들었다.

“선생님, 질문 있습니다.”

“해봐.”

“선생님 강의하시는 게 다른 학원 선생님하고 많이 다른데 굉장히 좋아요.”

“그게 질문이냐? 네 의견 감상이지.”

“와아아!”

듣던 학생들이 웃었다. 하지만 아이들의 표정도 뭔가 느낌이 좋았다. 남에게 자신감을 준다는 거, 그것도 행복인 듯했다.

강의실에서 나오자마자 역시나 성지학원 전태진 원장이 따라붙었다.

“이주찬 선생, 계피차나 한잔하죠.”

“그럴까요?”

호의를 거절할 이유는 없다. 원장실에 들어가자마자 역시 똑같은 질문이 반복됐다.

“다른 학원에서 강의해 본 적 있어요?”

“없는데요.”

못 믿는 얼굴이지만 감탄한 표정이다. 그러나 그 정도에 넘

어갈 주찬도 아니다. 자신감이 있을 뿐 아직까지는 병아리에
불과했다.

"이제 처음이니까 언제 또 벼랑에서 떨어질지 모르니 그때
나 잘 봐주십시오."

"하하, 겸손하기까지."

전태진 원장은 정말로 마음에 든 표정으로 조심스레 말을
꺼냈다.

"원래 학원 강사 수입이 두 가지입니다. 고정급과 학생 수에
따라 수익을 나누기도 하죠."

"그 말씀은……."

"아무래도 나누는 게 안 나을까요?"

주찬은 원장의 생각을 머릿속으로 짐작해 봤다.

갑자기 한 제안.

무슨 꼼수가 있는지 살펴볼 필요가 있다.

"수익을 나누는 건 어느 정도로 나눕니까?"

"보통 5대 5로 합니다만, 아무래도 선생님 같은 경우에는 초
보라 월급제가 낫지 않나 싶었는데 오늘 보니 아니네요."

원장의 말에 주판을 굴려본 주찬이 넌지시 물었다.

"원장님이 손해 보시는 거 아닙니까?"

"아니지요. 강사님이 인센티브제로 하면 더더욱 의욕을 보
이시거든요. 그게 제게도 이익이지요."

역시 원장 계산이 나왔다.

주찬에게 싹수가 보이자 과감하게 배팅하고 나온 승부수

였다.

이런 실력자는 애초에 좋은 조건으로 잡지 않으면 놓친다는 걸 원장의 오랜 경험이 증명했다.

가만히 듣던 주찬도 밑지지 않은 제안이기에 순순히 승낙했다.

"말씀대로 5대 5로 하겠습니다."

"신경 쓰실 건 처음 수입이 얼마 안 될 텐데요?"

"나중을 생각하면 그렇게 해야 하는 거 아니겠습니까?"

자신이 있는 주찬이었다.

자신이 가진 지식을 제대로만 설명할 수 있다면 학생들을 얼마든지 끌어들일 확신이 있었다. 하지만 원장 입장에선 뒷수습까지 염두에 둔 한마디를 던졌다.

"그럼 나중에 저한테 뭐라고 하시면 안 됩니다?"

"절대 그럴 일 없습니다."

"좋습니다. 그렇게 하도록 하시죠. 그럼 일단 처음이시고 하니까 기존에 있던 반을 인계해 준 것부터 5대 5 조건으로 하지요. 물론 학생이 늘어나는 것에 대해서도 5대 5로 하겠습니다."

"그렇게 해주시면 고맙죠."

나쁜 제안이 아니었다.

수입을 나눠 준다는 의미다.

물론 거시적으로 보면 함께 잘 먹고 잘살잔 이야기였지만, 원장의 인간미에 첫 학원보다 더 마음이 흔들린 주찬이기도 했다.

　모든 강의를 마치고 집으로 돌아온 주찬은 만족한 표정으로 책상에 앉았다.

　붕 뜬 기분이었지만 주찬은 냉정을 되찾았다.

　"이럴 때가 아니야. 조금 더 알아봐야지."

　당장은 수학 공부에 열중할 생각이다. 인터넷을 통해 수많은 수학 문제를 프린트하기 시작했다.

　그리고 하나둘씩 풀어가는 주찬, 밤이 깊어가는 줄도 모르고 한참을 풀다 보니 어느덧 새벽이 밝아왔다.

　"응? 벌써 새벽이야?"

　순간 이상함을 느꼈다.

　전이라면 벌써 피곤에 지쳐 눈이 벌겋게 충혈되고 침대로 쓰러질 듯 잠들어야 한다. 하지만 아직까지도 신체는 전혀 피곤함을 호소하지 않았다.

　"체력이 엄청 강해진 것 같네. 이것도 그 어파일까?"

　추측만 할 뿐 아직까지 확실한 건 아무것도 없다. 나쁜 일은 아니었기에 편안한 마음으로 침대 속에 들어갔다.

　멀뚱멀뚱.

　처음에는 눈이 절로 떠졌으나 자려고 마음을 먹자 스르륵 잠이 든 몸이다.

　"잠도 빨리 오네."

　마지막으로 중얼거린 주찬이다.

　학원 강사 일은 순조로웠으나 세상일이 항상 뜻대로 되는 건 아니다.

　얼마 전부터 매 수업 때마다 신경을 건드리는 한 학생 때문에 골치가 아팠다.

　'저놈의 자식이!'

　강단에서 바라보니 수업은 뒷전이고 휴대폰을 가지고 게임을 하는 게 분명했다. 게임만 하면 몰라도 가끔가다가 웃는 소리가 더 짜증났다.

　'그래, 돈 벌자고 하는 일이니까 참아주마.'

　꾹 참고 수업을 진행하는 순간이다.

　"킥킥."

　이번에는 웃음소리가 컸다.

　슬쩍 고개를 돌려보니 모든 학생의 시선이 그쪽으로 집중되고 있었다. 그런데 뜻밖의 상황이 벌어졌다.

　"뭘 봐! 씨발 놈들아! 눈 깔아!"

　대뜸 거칠게 나오는 목소리에 모두 찔끔한 듯 얼른 시선을 돌렸다. 이건 아니라는 생각에 주찬이 천천히 그쪽으로 다가섰다.

　"뭐하는 거냐?"

　"신경 쓰지 말고 강의나 해."

　"네가 신경 쓰이게 하잖아. 도대체 뭐하는 건데?"

　"보면 몰라? 게임하잖아."

"수업 시간에 게임하면 안 되지. 자, 휴대폰 이리 줘볼래?"

가급적 나긋나긋하게 말했으나 반응은 오히려 거칠었다.

"아, 존나 짜증나게 만드네. 네가 뭔데 휴대폰을 달라 마라 야?"

"여기 너 혼자만 수업 듣는 게 아니잖아. 다른 애들도 돈 내 고 수업 듣거든?"

"그래서 어쩌라고?"

"네가 제대로 하지 못할 거면 그냥 나가. 그럼 되잖아."

"아, 진짜 존나 씨발 열 받게 하네."

"목소리가 참 곱네."

주찬도 인내가 한계점이다.

막냇동생뻘에게 욕을 먹자니 울화가 안 치미는 게 이상한 일이다.

드르륵.

의자에서 거칠게 일어선 남학생의 키가 거의 180cm에 육박 했다.

덩치는 주찬보다 훨씬 커 얼핏 본다면 어른처럼 보일 정도 였다.

남학생은 일어서자마자 주찬의 어깨를 툭툭 쳤다.

"왜 짜증나게 하는데?"

싸움.

뇌리에 스쳤으나 피할 수 없는 상황이다. 여기서 물러난다 면 인기 강사는 물 건너갈 판이다.

‘썩을.’

바쁘게 살다 보니 싸움이라곤 초등학교 때 몇 번 한 것 외엔
없다.

믿을 건 군대에서 배운 어설픈 태권도뿐이다. 주찬은 그래
도 어깨에 힘을 주고 버텼다.

“어쭈.”

남학생이 눈꼬리를 좁히며 몸을 옆으로 돌렸다. 균형을 잡
고 주먹에 힘을 실으려는 수작.

싸움깨나 해본 솜씨다.

상황은 일촉즉발이다.

누가 먼저 움직이기만 하면 사달이 벌어지는 건 당연한 일
이다.

그때,

“무슨 일이에요?”

굵은 목소리.

시선을 돌리니 장일수 원장이 놀란 표정으로 강의실 안으로
들어서고 있다.

“별거 아닙니다.”

“아니긴, 원장실에서도 고함 소리가 들리던데.”

장일수 원장의 인상이 구겨졌다.

학원이란 학생들을 받아 가르쳐 먹고사는 곳이다. 당연히
소란은 질색이다.

장일수 원장의 눈빛은 주찬에게 힐난이 집중된 상태였다.

“에이, 존나 시끄럽네.”

한마디가 들렸다.

반사적으로 장일수 원장과 주찬의 시선이 돌아갔다.

남학생이 문제가 시끄러워지자 귀찮단 듯 가방을 등에 둘러 멨다.

그 말이 끝이었다.

저벅저벅.

남학생이 거침없이 강의실을 나섰다.

그런데 한참을 가던 남학생이 말했다.

“씨발 놈, 밤길 조심해.”

순간 욱하는 충동이 든 주찬이 달려가려는 발길을 애써 막 았다.

‘썩을.’

그거로 소동은 일단락됐다. 지켜보던 장일수 원장이 주찬에 게 한마디 쏘았다.

“조심하세요.”

“주의하죠.”

강의실 밖으로 나가 원장을 배웅했다. 분명히 자신의 잘못 이 아닌데 돌아가는 모양새가 영 어색했다.

“크, 요새 애들 무섭다더니.”

머리를 절레절레 흔들며 주찬은 다시 강의실로 들어섰다.

“와!!”

짝짝짝!

아이들이 박수치고 일어서서 환호성을 지르고 난리가 아니
었다.

"자, 모두 조용히."

"선생님, 대단해요. 쟤가 누구인 줄 아세요?"

"내가 쟤를 어떻게 알아?"

"우리 학교 짱이에요. 쟤는 어른들도 못 건드려요. 담임선
생님이 뭐라고 했다고 멱살을 잡고 고함친 적도 있어요. 퇴학
이니 뭐니 말이 많았어요."

"그래? 한마디로 말해서 저런 놈을 보고 뭐라고 하는지 알
아?"

"몰라요."

"싸가지없는 놈. 자, 수업하자."

"와하하하!"

아이들이 웃었으나 책상을 쳤다.

탕탕!

"모두 정숙. 수업해야지. 하나라도 더 배워야지 남들보다
앞서 가는 거야. 안 그래?"

아이들은 고개를 끄덕였다. 그리고 차분하게 수업을 마친
주찬이다.

그것으로 소동은 잊었지만 끝이 아니었다.

다음날 수업을 마치고 주찬은 서둘러 성지학원으로 움직였
다. 막 어두운 골목길을 지나는 순간 목소리가 들렸다.

“죽어! 이 씨발 놈아!”

그리고 갑자기 쇠파이프가 하얀 은빛을 발하며 날아들기 시작했다.

‘헉!’

아찔한 순간이다.

그런데 신기한 일이 벌어졌다. 주찬이 자신도 모르게 반사적으로 옆으로 비켜섰다.

“어쭈?”

거친 음성과 더불어 다시 한 번 쇠파이프가 날아왔다. 이번엔 머리를 노렸다.

“이런!”

놀라 어쩔 줄 모르는 사이 또 한 번 신기한 현상이 일어났다. 쇠파이프의 결이 보이는 것이 아닌가.

슬쩍 몸을 비켜 튼 주찬이었다.

“어, 어?”

놀란 목소리.

기습한 사람이 균형을 잃고 비틀거리다 벽에 얼굴을 부딪쳤다.

퍽!

“악!”

맨몸으로 시멘트벽에 정통으로 부딪친 충격으로 땅에 쓰러진 남자였다.

바라보니 세 명의 아직 어린 고등학생들이 쇠파이프를 들고 자신을 멍하니 바라보는 모습이다.

별로 내키지 않았지만 일단 기선을 제압해야 했다. 씁쓸한 입맛을 다시던 주찬이 땅에 떨어진 쇠파이프를 들었다.

“니들 그거 아냐?”

“…….”

돌아오는 대답이 있을 리 없다. 마치 별을 보고 말하듯이 주찬이 한마디 했다. 물론 액션영화에서 흔히 나오는 대사를 줄줄 읊었다.

“일단 쇠파이프를 들면 오로지 한 가지 각오로 상대를 공격하는 거야. 뭔지 알아?”

“…….”

“상대방 대가리를 부숴 버리겠다는 신념. 그게 중요한 거지.”

그리고 바로 옆에 있던 깨진 벽돌을 후려쳤다.

퍽!

소리와 함께 벽돌이 깨지고 돌이 튀었다.

빨간 벽돌.

상상외로 강한 강도를 지닌 벽돌이 두부처럼 으깨졌다.

‘응?’

자신이 하고도 놀랐다. 어두워 대충 내려친 건데 설마 빨간 벽돌인지는 몰랐다.

하물며 상대 학생들이야 오죽하겠는가.

삽시간에 얼음덩어리가 된 세 명의 학생.

갑자기 자신감을 얻은 주찬이 돌아서며 씩 웃었다.

"빨리 안 가! 머리통 깨지고 싶어?"

"으악~!"

바로 바람같이 도망가는 세 명이었다. 그때서야 시선을 돌려 땅에 쓰러진 고등학생을 바라보았다.

자세히 보니 어제 강의실에서 소란을 피웠던 바로 그 녀석이다.

"하."

한숨이 절로 나왔다.

그러나 다른 일에 더 황당했다.

'몸이 달라졌어.'

전과 달리 기민한 동작.

주먹을 불끈 쥐어봤다. 손가락 가득 느껴지는 힘이 분명히 전과 달랐다.

"머리에 이어 몸뚱이도 변한 건가?"

아직 정확하진 않았다.

생각은 거기까지였다.

'싸가지없는 녀석.'

버릇을 단단히 고쳐줄 생각을 굳혔다. 주찬은 천천히 다가서다가 흠칫했다. 어둠 속이지만 입에서 피가 주르륵 흘러내리는 모습이 보였다.

그 순간 여러 가지 생각이 뇌리를 스쳤다. 순간적인 판단은 빠르게 조합되어 머릿속을 가득 채웠다.

‘냉정하자.’

자칫 손끝 하나 건드렸다가 덤터기 쓰기에 아주 좋은 경우다. 상대는 불량스럽지만 고등학생, 자신은 엄연히 군대까지 갔다 온 대학 3학년이었다.

일이 벌어지면 불리한 건 자신이란 판단에 일단 자제했다.

천천히 쭈그리고 앉아 주찬이 말했다.

“아직 어린놈의 새끼가 쇠파이프나 휘두르고, 잘하면 칼 휘두르겠네? 왜 일본도 하나 보내줘?”

“끄으으⋯⋯.”

공포에 질린 채 말도 못하는 남학생이었다. 그도 주찬이 어떻게 행동하는지 뻔히 보고 있었다. 입에서는 피가 줄줄 흐르고 있었다.

“야, 다시 내 눈에 띄면 대갈통 부숴 버린다. 꺼져.”

텅.

쇠파이프를 던진 주찬이 말했다.

“이건 고물상에 팔아서 소독약이나 사가지고 가서 치료해.”

그리고 미련없이 뒤돌아서 갔다.

“하, 고등학생들이 벌써 저러면.”

새삼 학교 폭력에 대해서 다시 한 번 생각해 보는 순간이다.

“내가 학교 다녔을 때는 저 정도까진 아니었던 거 같은데, 참.”

머리가 아팠다. 어쩌면 폭력적인 PC 게임이 준 여파일지도 몰랐다.

"그래서 청소년들은 책을 읽어야 되는데. 에이 참."

쓴 입맛을 다시며 주찬은 수업 시간에 늦지 않게 얼른 성지 학원으로 걸음을 재촉했다.

영 찜찜한 하루였지만 강의는 별 이상 없이 진행했다.

다음날 저녁 학원에 도착한 주찬을 맞이한 건 놀란 원장의 얼굴이었다.

"자네, 어제 무슨 일을 저지른 거야?"

"무슨 일이라니요?"

"하, 이거 참."

답답하단 듯이 머리를 흔드는 원장이다. 그 원장의 뒤를 따라 건장한 체격의 남자 두 명이 다가섰다.

"이주찬 씨 되십니까?"

"그런데요."

"경찰입니다. 잠시 같이 가서야겠는데요."

"무슨 일이시죠?"

주찬이 고개를 갸웃거리자 형사들이 말했다.

"폭력 혐의로 고발이 들어왔습니다. 피해자가 있으니 현행범으로 연행하겠습니다."

"폭력 혐의라니요?"

대답하던 주찬의 머릿속에 어제 일이 주마등처럼 떠올랐다.

"남일혁이라고, 고2짜리 남학생을 구타했다는 부모의 고발입니다. 자, 같이 가시죠."

일단은 가야 될 상황이다.

여기서 피한다고 될 일은 아니었기에 주찬은 고개를 끄덕이며 얼른 형사를 따라 차에 올랐다.

'경찰서라…….'

기가 막혔다.

태어나 처음으로 연행되는 기분이 아주 더러웠다.

'썩을 세상.'

내심 욕이 절로 났다.

형사계에 들어서자마자 소리가 들렸다.

"어이, 김 형사. 이 친구 조서 꾸며."

"그러죠."

어슬렁거리며 일어선 한 형사.

삼십대 중, 후반 정도로 보이는 체격 좋은 남자였다. 그는 주찬에게 앞자리의 작은 의자를 권했다.

"일단 앉으슈."

주찬이 앞에 앉자 형사가 천천히 질문을 던졌다.

"이름."

"이주찬."

"주소."

"서울시……."

기본적인 신상명세를 부른 후 형사가 습관적으로 신원조회를 시작했다. 불과 일 분이 지난 후 조금은 호의적으로 변한 목소리였다.

아무래도 전과 유무가 피의자 조사에서 중요한 모양이었다.

"전과는 없으시군요. 그런데 왜 어린 학생을 팼습니까?"

"팬 게 아닙니다. 실은……."

자세히 자초지종을 털어놓는 주찬이었다. 가만히 듣던 형사가 어느 순간 타자를 멈추며 되물었다.

"그러니까 먼저 쇠파이프로 공격하다가 제풀에 벽에 헤딩했단 겁니까?"

"사실입니다."

"안 때렸어요?"

"절대요."

주찬이 부인하자 가만히 노려보던 형사 눈빛이 조금 부드러워졌다. 오랜 수사경험상 주찬이 진실을 말하고 있단 직감이 들었기에 호의적으로 변한 얼굴이었다.

"남일혁이란 그 학생, 앞 이빨 하나가 부러졌어요. 부모들이 그걸 보고 노발대발해서 이주찬 씨를 경찰에 고발한 겁니다."

"끙."

일이 커진 걸 알자 주찬의 표정도 굳었다.

"학생이 먼저 쇠파이프로 공격한 게 확실하죠?"

"예, 맞습니다."

"증인은 있습니까?"

주찬은 순간 아차 했다.

증인이 있을 리가 없다. 어두운 골목길에서 순간적으로 일어난 일이다.

　설령 누가 봤다손 치더라도 그 사람이 누구인지 어떻게 알겠는가.

　"그게 어두운 골목길에서 벌어진 일이라서……."

　형사는 가만히 주찬을 쳐다보면서 고개를 흔들었다.

　"말씀을 들어보니 이해가 되는 상황이군요. 그런데 이거 증인이 없으면 곤란합니다."

　순간 번쩍 하나가 떠오른 주찬이 말했다.

　"전날 학원에서 소란을 피운 적이 있습니다."

　"그런 일이 있습니까? 그럼 조금 참작 사유는 되겠는데 그거 가지고는 좀……. 사실 우리나라 법이 알다시피 증거제일주의 아닙니까."

　형사도 답답하다는 듯이 말했다.

　주찬은 순간 고심에 빠질 수밖에 없었다. 대수롭지 않게 생각했던 일인데 순간 아차하면 호적에 빨간 줄이 갈 판이다.

　'이런 빌어먹을.'

　짜증나는 순간이다.

　얼마 지나지 않아 바로 두 남녀가 들어왔다. 사십대 후반 정도로 보이는 사람들이다. 옷차림만 봐도 어느 정도 사는 위치임이 한눈에 들어왔다.

　그중 표독스럽게 생긴 중년 여자가 얼른 형사에게 다가섰다.

　"우리 애 때린 놈 왔다면서요?"

　"여기 있습니다."

형사가 말하자 바로 여자가 주찬의 목덜미를 움켜잡았다.

"이놈아, 너보고 학원 강사 하라고 그랬지 누가 애들 두들겨 패라고 했어!"

"그런 적 없습니다. 이거 놓고 천천히 말씀하시죠."

주찬은 태연했다. 때린 적이 없으니 당당할 수밖에.

"뭘 천천히 말해! 왜 착한 우리 애를 때려서 이빨을 부러뜨리고 지랄이야!"

"착한 우리 애라고 하셨습니까?"

여전히 덤덤한 주찬의 말투였다.

"그래. 학원에 얌전히 다니던 애야. 너 같은 깡패새끼가 왜 때려!"

"요샌 착한 애가 학원에서 시끄럽다고 한마디 하니 욕하고 그럽니까?"

"그게 무슨 소리야!"

버럭 소리치는 여자는 남일혁 어머니인 조철자였다. 자세히 보니 귀에 번쩍이는 다이아 귀고리가 보였고, 손과 목에도 마찬가지였다.

한마디로 움직이는 보석 상자였다.

'겉멋만 든 인간이군.'

잘살진 몰라도 교양은 없어 보이는 인상이었다.

"전 때린 적 없습니다. 스스로 넘어져 다친 것 같네요."

주찬의 말에 더 화가 났던지 여자가 거칠게 소리쳤다.

"뻔뻔한 놈. 이런 놈은 감방에 집어넣고 콩밥을 먹여야 돼요. 합의는 죽어도 없어요!"

펄펄 뛰는 남주혁 어머니였다. 옆에 섰던 아버지가 뭐라 말하려 하더니 한숨을 쉬며 시선을 돌리는 게 보였다.

그때 눈에 익은 남일혁이 주춤주춤 눈치를 보며 들어왔다. 주찬의 시선이 바로 남일혁에게 꽂혔다.

"네가 말해봐라."

"뭘 말이에요?"

"네가 쇠파이프 휘둘러서 이렇게 된 거 아니야. 왜 사실대로 말을 안 해?"

"난 그런 적 없어요."

시치미를 뚝 떼는 남일혁.

"나이도 어린 학생이 벌써 거짓말하면 안 되지. 솔직하게 얘기해."

주찬이 좋게 말했으나 남일혁은 콧방귀를 뀌었다.

"당신이 때렸잖아."

기가 막힌 주찬이다.

"자, 자, 정숙하세요! 여기는 당신네들 싸움터가 아니에요!"

갑자기 소란스러워진 분위기에 형사가 짜증을 버럭 내자 순간 조용해졌다.

"자, 거기 있는 학생, 이리 와봐. 진술해 봐야지?"

형사는 다소 신경질적인 목소리였다. 오랜 형사 경험이 남일혁이 잘못했다는 게 한눈에 들어올 정도였으나 뒤집을 확실한 증거가 없다.

이럴 땐 그저 사무적인 처리가 우선이다.

그것이 형사의 처세술이다.

남일혁이 자리에 앉자마자 바로 전화기를 집어 든 형사가 원장에게 전화했다. 그나마 주찬에게 호의적인 신호였다.

"원장님, 여기 경찰서인데요, 어제 여기 있는 피해자인 학생이 교실에서 소란을 피웠다는데."

"그런 일이 있긴 했습니다만 사소한 정도인데요."

통화를 듣던 옆에 앉은 남일혁의 안색이 미미하게 변하는 걸 형사가 봤다.

물론 주찬도 봤다.

형사가 남일혁을 노려보며 수화기에 한마디 던졌다.

"자세히 설명해 주십시오."

원장이 뭐라 하는지 형사는 한참을 수화기를 들고 있었다.

"잘 알겠습니다."

전화를 뚝 끊은 형사의 시선이 남일혁에게 꽂혔다.

"이봐 학생, 그런 일이 있었단 다른 학생의 진술이 있는데, 맞아, 틀려?"

"맞아요."

그건 순순히 시인하는 영악함을 보인 남일혁이다. 여기서 부인했다가 나중에 되레 당한단 걸 잘 아는 눈치였다.

형사가 다시 물었다.

"그럼 복수하려고 쇠파이프 들고 이 선생님 공격했어?"

"그런 적 없어요."

"그래? 그러면 이 일은 어떻게 된 거야?"

"제가 그냥 지나가는데 저보고 건방지다고 다짜고짜 제 다리를 후려쳐서 넘어지면서 이가 부러졌어요."

입에 침도 안 바르고 거짓말하는 남일혁이다. 그 모습을 바라보던 주찬의 눈에 불꽃이 튀었다. 화가 머리끝까지 나자 절로 한마디가 입에서 흘렀다.

"솔직하게 얘기해."

낮은 목소리. 거기에는 무서운 분노가 숨어 있었다. 그것이 느껴졌는지 남일혁은 몸을 부르르 떨었으나 끝까지 우기고 있었다.

"그냥 때렸잖아! 당신이!"

버럭 소리치는 남일혁. 그 옆에 있던 어머니도 덩달아 소리치기 시작했다.

"어머, 세상에! 여기서도 협박하는 것 봐!"

"사실대로 말하라고 했을 뿐입니다."

주찬이 대답하자 금방이라도 달려들 듯한 조철자였다.

"이런 깡패 자식이!"

상황이 또 시끄러워졌다.

그때 보다 못한 남일혁의 아버지가 한마디 했다.

"좀 가만있어."

"당신 지금 뭐라는 거예요? 우리 혁이가 저놈에게 맞아 이가 부러졌어요!"

"어허, 더 알아보고 하자니깐."

남일혁 아버지가 인상을 썼다.

"뭘 알아봐요?"

"일혁이 저놈이 사고친 게 한두 번이요? 이번 일도 좀 더 알아보고 경찰서에 왔어야 했어."

"여보."

조철자가 인상을 구겼으나 남일혁 아버지도 쉽게 물러서지 않았다.

"솔직히 저녀석이 사람 때려 합의금으로 나간 돈만 해도 얼마요?"

"……"

조철자가 말문을 닫았다.

순간 주찬은 느껴지는 게 있었다.

'역시.'

그러나 지금은 모른 척이 상책이다.

"가만히 좀 있어봐요! 당신들이 형사요?"

형사가 성질을 버럭 내기 시작했다. 그러자 움찔하는 부모들이다.

"이거 참, 골치 아프네."

형사가 머리를 살짝 쥐어뜯었다.

진술을 들어보니 분명히 저 어린 싸가지 없는 학생이 기다렸다가 공격한 것이 분명했다. 그런데 현실적으로 증거가 없다는 게 큰 골칫거리였다.

신원조회를 해보니 성실하게 대학 생활하는 대학생 주찬이

다. 방학을 맞아 학비를 벌고자 학원 강사 일을 한 것이 분명
했다.

그런 사람이 무슨 억하심정이 있다고 잘 알지도 못한 애를
두들겨 패겠는가. 상식적으로 이해가 되지 않는 이야기다.

"하."

한숨이 푹 나온 형사가 두통이 생겨 잠깐 자리를 떴다.

"조금 있다가 다시 합시다."

Chapter 04
작은 반전

형사가 나가자 기회를 엿보던 주찬이 남일혁에게 말했다.

"후후. 내가 널 그냥 팼다고?"

"팼잖아."

남일혁은 시비조의 말투와 함께 눈에 독기가 서려 있었다. 말을 할 때마다 부서진 앞니가 보여 웃음이 나오는 걸 겨우 참아낸 주찬이 다시 말했다.

"너 무고죄라고 혹시 들어봤어?"

"무고죄가 뭐야?"

"함부로 사람을 모함하면 죄를 받는단 거지. 그거 알아? 거기다 쇠파이프를 쓰면 살인미수죄도 추가야."

순간 움찔한 남일혁이었지만 더욱 강하게 나왔다.

"시끄러워."

그 한마디뿐이었다.

주찬은 빠른 시간 내에 최대한 머리를 돌렸다. 다행히 이 순간 새로 생긴 합리적인 사고방식이 큰 효과를 발휘하고 있었다.

'목격자가 없다. 그렇다면……'

거기서 자신이 한 행동을 누구도 증명해 줄 수 없다. 무조건 증인이나 증거를 찾아야 이길 싸움이다.

그날 일을 천천히 머릿속에서 돌려본 주찬의 눈이 반짝였다.

'그렇다면?'

그 생각이 들자 씩 웃음이 나왔다. 그 모습에 옆에 있던 남일혁의 부모가 더 인상을 구겼다. 특히 어머니는 화가 난 걸 참지 못해 주찬의 따귀를 때렸다.

"이 미친놈이, 감히 누굴 협박해!"

쫘아악!

얼굴에 손자국이 날 정도로 강한 강도였다. 주찬은 피할 수도 있었지만 나중을 생각해 일부러 맞아줬다.

'열 배로 보답해 주지.'

내심 이를 부드득 갈았다.

뜻밖의 상황에 얼른 막아선 남일혁 아버지였다.

"지금 뭐하는 거야?"

"일혁이 이빨 봐요. 내가 속이 상해서."

"당신이 이러면 어떡해. 법대로 해야지."

아내를 꾸중하는 남편이 시선을 돌려 주찬에게 말했다.

"미안합니다. 집사람이 흥분해서."

"……."

침묵하는 주찬이다.

그때 형사가 들어오면서 버럭 소리쳤다.

"지금 뭐하는 거예요!"

그러자 움찔한 남일혁의 어머니였다.

다시 형사가 자리에 앉자마자 말했다.

"일단 사건을 조서대로 검찰에 넘기겠습니다."

밖에서 머리를 써 생각해 봤지만 뾰족한 수가 없는 모양이다. 주찬을 바라보는 시선엔 미안함이 가득이다.

'이런 형사도 있구나.'

기분이 좋아진 주찬이 형사에게 말했다.

"형사님, 한 가지 말씀드릴 게 있습니다."

"말씀해 보세요."

한결 부드러운 목소리였다. 오랜 형사 경험이 주찬의 말이 진심임을 알고 있는 눈치였기에 당연히 호의적인 눈빛과 연민이 교차하고 있었다.

"혹시 그 골목 끝 쪽에 CCTV가 없을까요?"

"CCTV? 확인해 보겠습니다."

바로 여러 군데 전화를 건 후 형사가 고개를 끄덕였다.

"골목 끝에 CCTV가 있습니다."

　"그렇다면 그 시간대에 CCTV를 확인해 보시면 쇠파이프를 들고 도망가는 세 명의 학생을 볼 수 있을 겁니다. 제가 알기론 세 명 모두 여기 앉은 남일혁 친구가 확실하니 찾기도 쉬울 겁니다."

　"친구요? 그럼 혼자가 아니었단 말이에요?"

　"모두 네 명이 공격했거든요. 저 친구가 먼저 치고 나머지 친구들은 덤벼들려다가 겁먹고 도망갔습니다."

　주찬의 말에 형사의 눈이 반짝였다.

　반대로 남일혁의 눈은 심하게 흔들렸다. 아직 어린 탓에 감정이 얼굴에 그대로 드러날 정도다.

　'자식, 세상 무서운 걸 가르쳐 주마.'

　주찬의 눈이 섬뜩하게 변했다.

　형사가 잠시 생각하더니 모두에게 말했다.

　"그래요? 일단 확인해 보겠습니다. 재수사할 동안 모두 돌아가세요. 아, 그리고 이주찬 씨는 피의자 신분이라 신병 인수할 사람이 필요한데요."

　"신병 인수요?"

　"이런 경우 아는 사람이 신병 인수에 사인하고 데려가야 합니다."

　형사의 설명에 순간 고민스러웠다. 뭐 자랑스러운 일이라고 연락하겠는가.

　그나마 편한 사람을 찾아보던 중 한 사람을 떠올리고는 말했다.

“제 친구가 한 명 있습니다. 전화번호가…….”
살다 보니 별일 다 겪는 주찬이다.

그리고 20여 분 후 친구가 허겁지겁 형사계로 들어왔다.
“야, 주찬! 어떻게 된 거야?”
“그렇게 좀 됐다. 신병 인수 좀 해주라.”
“자식, 뭐 크게 잘못한 건 아니지?”
“그런 건 없어. 걱정하지 마.”
“지금 밖에 친구들 다 와 있어.”
흥분한 목소리에 주찬이 어리둥절했다.
“친구들이 왜?”
“왜긴 왜야? 여기 끌려왔다니까 다들 놀라서 달려왔지.”
역시 친구는 친구였다. 주찬이 어깨를 툭툭 치며 말했다.
“야, 신병 인수 좀 해주라.”
“그래.”
바로 형사에게 다가가 신병 인수에 사인하고 돌아선 친구였다. 일을 마치자 형사가 주찬에게 말했다.
“CCTV 확인해 보지요. 부디 좋은 결과가 있기를 바랍니다.”
“있을 겁니다.”
빙그레 웃는 주찬이다.

그 길로 바로 경찰서를 나온 주찬 앞에 친구들이 우르르 달려들었다.

"어이, 한 건 했다며?"

"재수없는 소리 하지 마."

눈을 부라린 주찬에게 검은 봉지가 불쑥 다가섰다.

"자, 이거 먼저 먹어야지?"

"이거 뭔데? 혹시 두부 아니야?"

주찬의 물음에 친구들이 장난기 서린 미소를 지으며 한마디를 던졌다.

"당연하지. 야, 우리가 경찰서에 와 이런 거 얼마나 해보고 싶었는지 알아? 영화에 보면 자주 나오잖아."

"이 자식들이."

싫지 않은 미소를 짓는 주찬이었다.

"어서 먹어라. 먹어야 다시 오지 않지."

상황이 묘한지라 바로 한 조각을 떼어 먹고 나서 주찬이 친구들에게 어깨동무를 했다.

"오늘 기분도 꿀꿀한데 소주나 한잔하자."

"오~ 웬일이야? 네가 사는 거지?"

"당연하지!"

호기 당당하게 소리치는 주찬이다. 이젠 이 정도 한턱은 충분히 낼 능력이 있다.

"자식, 경찰서 오더니 변했어."

"시끄러."

친구끼리 다정한 이야기가 오가며 술집으로 직행한 일행

이다.

　다음날 저녁이 되자 주찬은 곧장 학원으로 향해 남일혁 일
도 사과할 겸 원장실로 바로 들렀다.
　똑똑.
　“누구십니까?”
　“이주찬입니다.”
　“들어오세요.”
　약간 퉁명스런 목소리. 뭔가 심상치 않은 예감이 들었지만
모르는 척 원장실로 들어섰다.
　“안녕하셨습니까?”
　“이주찬 선생, 잠깐 나 좀 봅시다.”
　굳어진 목소리.
　뭔가 직감이 되는 순간이다. 소파에 앉자 장일수 원장이 단
도직입적으로 말했다.
　“원래 이 학원이라는 게 학생들하고 말썽을 피우면 안 되는
거 아시죠?”
　“제가 처음이라서 잘 모릅니다.”
　“학생과의 문제가 있으면 소문이 안 좋게 나요. 그래서 죄송
하지만 수업은 어려울 거 같은데요.”
　“오늘부터입니까?”
　“그렇습니다. 가급적이면 애들도 보지 말고 가셨으면 합니
다만. 그리고 이건 얼마 안 되지만 그동안 수업료하고 성의를

좀 넣었습니다."

울컥한 마음에 하얀 봉투를 보는 순간 집어 던지고 싶은 마음이 굴뚝같았다.

그러나 자신이 정당히 일하고 받는 대가다. 안 받을 이유가 전혀 없기에 주찬은 봉투를 집어 들고 곧장 품속에 집어넣었다.

"알겠습니다. 부디 학원 번영하시길 바랍니다."

"미안해요. 다음에 기회가 있으면 또 봅시다."

다음에 기회?

절대 없는 걸 알았다. 돌아서 나오는 마음이 씁쓸했으나 씩 웃고 말았다.

"썩을 세상이 다 그렇지."

좋게 생각하고 바로 학원을 빠져나가 주변에 있는 커피 전문점으로 향했다.

어차피 성지학원에서 진행할 다음 수업까지는 한 시간 정도 남았기에 시간을 때워야 했다.

커피 전문점에 들어가 녹차라떼 한 잔을 마시며 밖을 바라봤다. 수많은 사람들, 저마다 바쁜 듯 돌아다니고 있다.

'저 사람들, 다 뭐 해먹고 살까?

순간 엉뚱한 생각마저 들었다.

쓸데없는 생각을 지우고 학원 교재를 꺼내 들었다. 술술 훑어봐도 더 이상 신경 써볼 건 없었다. 그럴 바에야 차라리 다른 걸 하는 게 속 편했다.

주찬은 가방 속에 있던 다른 두꺼운 책을 꺼내 들었다. 평소 끝까지 풀어내지 못했던 어려운 물리 서적이었다.

스티븐 호킹.

말만 들어도 끔찍한 이름이다. 전이라면 고개부터 저을 일이었지만 오늘은 시간 나는 김에 그 사람의 과학 이론에 대해서 좀 알아보고 싶었다. 펼치니 역시 첫 장부터 만만치 않았다.

'이놈의 머리는 도대체 왜 이래?'

일단 숙달되면 이해가 됐지만 처음이 어려웠다.

'세상에 공짜가 어디 있겠냐? 이게 어디야.'

전이라면 꿈도 못 꿀 일을 하는 자신이 뿌듯하기만 했다. 한 장, 두 장 넘기는 순간 갑자기 알람 종이 울었다.

띠띠띠띠.

"어? 수업 시간 다 됐군."

깜짝 놀라 얼른 접고 성지학원으로 향했다. 혹시나 원장이 부를까 봐 조마조마했으나 다행히 소문이 퍼지지 않았는지 별말 없었다.

수업에 들어가자 주찬의 눈이 반짝였다.

아직은 적은 학생 수.

실망스러웠지만 힘을 냈다.

'열심히 하다 보면 언젠가는 알아줄 거야.'

세상 살면서 성실이 제일 중요하다는 것을 잘 알고 있다. 그 마음 하나로 심혈을 기울여 강의를 시작했다.

"자, 또 보는군요. 오늘은 여러분이 그토록 싫어하는 확률입니다."

"에이!"

학생들의 야유가 터졌다. 확률, 절대 쉬운 수학이 아니다.

"그러나 이 선생님이 누굽니까? 확률에 대해서 도사가 뭔지를 확실히 보여 드리지요."

"우우~"

학생들의 야유가 터졌다. 그러나 이미 주찬에게 받았던 수업이 머리에 박혔던 덕분인지 눈빛은 초롱초롱 빛나고 있었다.

"자, 공부가 인생의 전부는 아니지만 최소한도 폼 나게 대학 배지는 달고 다녀야겠죠?"

"네!"

"자, 그럼 폼 나는 배지를 향해서 달려가 봅시다. 확률은……."

천천히 설명하는 주찬의 목소리에 힘이 들어갔다. 꼼꼼하게 하나하나 자세히 풀어준 설명은 학생들의 귀에 쏙쏙 들어박혔다.

모든 이치를 완벽히 파악하고 있기에 설명하는 데 아무런 무리가 없었다.

또한 원리를 차분히 설명하자 아이들 눈이 번쩍이며 정신없이 볼펜들이 돌아가기 시작했다.

슥슥슥슥.

볼펜 돌아가는 소리, 그리고 아이들의 초롱초롱한 눈동자.

그것을 바라보자 주찬은 왠지 희열이 느껴지는 기분이다.

'체질인가?'

내심 웃으면서도 입은 연신 떠들고 있다. 수업이 끝나자 바로 주찬은 가방을 싸들고 집으로 향했다.

"보람찬 하루였어."

하루하루가 이렇게 즐거울 수가 없다. 골치 아픈 건 남일혁 문제다.

"잘되겠지."

속편하게 생각하고 침대에 누웠다.

이틀 후 바로 형사에게 전화가 왔다.

"잠깐 오시죠. 여기 남일혁도 불렀습니다."

"예, 당장 가겠습니다. 그런데 CCTV에서 뭐가 나왔나요?"

"오면 좋은 일이 있을 겁니다."

형사의 목소리가 유쾌했기에 됐다 싶은 주찬이 얼른 사례했다.

"정말 애써주셔서 감사합니다."

"하하, 어서 오세요."

그걸로 전화는 끝이었다.

바로 옷을 갈아입고 경찰서로 달려간 주찬이다.

형사 앞에는 남일혁과 부모가 나란히 앉아 있었다. 모두 전과 달리 어딘지 모르게 풀이 죽은 얼굴이었다.

주찬은 일부러 쾌활하게 나갔다.

"왔습니다."

인사하자 형사가 손을 내밀었다.

"그쪽에 앉으세요."

주찬이 자리에 앉자마자 형사가 바로 CCTV 화면을 보여줬다.

"자, 이거 보시지요. 여기 있는 세 명, 네 친구 맞아?"

"……."

순간 아무 말도 못하고 얼굴이 굳어버린 남일혁이다.

"부인하면 바로 대질신문 들어가지. 솔직히 얘기해. 더 이상 거짓말하면 너 큰 벌 받아."

"……."

형사가 으름장을 놓자 남일혁이 고개를 폭 숙였다.

"친구 맞지?"

"예, 맞… 아요."

시인하는 남일혁의 목소리가 떨렸다.

"그러면 네가 먼저 이 사람 쇠파이프로 때리려 했던 거 맞아?"

형사가 윽박지르자 남일혁이 주춤거렸다.

"그게……."

"솔직히 말 안 하면 큰일 난다고 얘기했어."

"그랬어요."

"혼자 넘어져 이빨 다친 거지?"

"네."

겁에 질려 대답하는 남일혁이다.

"그런데 왜 거짓말했어?"

"……."

아무 말 못하고 고개를 숙이는 남일혁. 뒤에 있던 두 부모가 달려들었다.

"어떻게 된 거야? 정말 그렇게 된 거야?"

"죄송해요."

"이놈의 새끼가!"

혈압이 오른 아버지가 남일혁의 뒤통수를 후려쳤다.

퍽!

"악!"

비명 소리가 들리자 바로 어머니가 달려들었다.

"왜 때려요!"

"이놈의 새끼! 거짓말까지! 오늘 다리몽둥이를 다 꺾어주마!"

퍽퍽!

"악! 왜 때려요!"

"왜 때려? 이 자식이 반성할 줄 모르고 아비한테 대들어?"

울화가 머리끝까지 치민 듯한 아버지가 주먹을 소나기처럼 퍼부었다.

"여보!"

보다 못한 아내가 말렸으나 소용없었다.

"그만해요!"

남일혁이 고함쳤다.

식구들끼리 소란을 피우자 골치가 아프다 못해 핏대가 머리 끝까지 오른 형사가 버럭 소리 질렀다.

"자, 조용히 하세요! 우선 조서는 꾸며야 될 거 아닙니까!"

그제야 찔끔한 부모였다.

분위기가 무르익자 조서 꾸미기는 그야말로 일사천리였다.

결국 남일혁은 자신이 수업시간에 딴 짓을 하다가 주찬에게 당한 것이 분해 친구들을 데리고 보복차 습격했다는 걸 낱낱이 진술했다.

"됐어요. 이 사건은 없는 걸로 하고."

형사가 말을 끊고 주찬을 바라보았다.

"어떻게 하시겠습니까?"

"뭘 어떻게 합니까? 당연히 무고죄로 고발합니다."

미리 결정한 대로 서슴없이 나온 주찬이다. 형사가 잠시 주춤하더니 이내 고개를 끄덕였다.

"알겠습니다. 접수하죠."

그때 일이 묘하게 돌아가자 안절부절못하던 남일혁의 어머니가 조심스레 물었다.

"무고죄면 어떻게 되는 거예요?"

"형사처벌입니다. 형사처벌할 나이는 됐으니 어린 나이에 전과 하나 생기는 거죠."

돌아가는 꼴에 비위가 뒤틀렸던 탓에 신경질적인 형사의 말이었다.

여태까지 참아왔던 분노가 폭발하는 모양이었다. 그 말에 놀란 남일혁의 어머니가 말마저 더듬었다.

"아니 그게……."

졸지에 입장이 뒤집혀졌다.

형사는 조철자를 싹 무시한 채 주찬에게 말했다.

"일단 정식으로 고발하실 거면 나중에 서류를 꾸며주시고요."

"예, 그러죠."

"가보세요."

"다시 뵙죠."

주찬이 일어서려 하자 조철자가 주춤거리다 손을 잡았다.

"잠깐 저와 이야기 좀 하실래요."

"할 얘기 없는데요."

주찬이 싸늘하게 말하자 조철자가 통사정했다.

"제발 저와 이야기 좀 하시죠."

"없다고 분명히 말씀드렸습니다. 잘 교육시킨 아드님이 이제 어떻게 되는 지 꼭 보여 드리지요."

주찬도 사람이다.

이런 모함을 받고 그냥 넘어갈 리 없었다. 다급해진 조철자가 옷자락을 붙잡고 늘어졌다.

"제발요."

"옷 놓으세요. 찢어져요."

주찬이 한마디 했으나 막무가내였다.

“새 옷 사드릴게요.”

“일없어요.”

주찬이 차갑게 대꾸했지만 조철자는 절박했다. 아차 하면 하나밖에 없는 아들이 차가운 철장 신세를 질 판이라 체면 따질 여지도 없었다.

“잠깐만요.”

“이거 놓으세요.”

뿌리쳤지만 필사적으로 붙들어 밖으로 끌려나오다시피 나온 주찬이다. 조철자가 전과 달리 처음부터 완전히 사정조로 나왔다.

“한 번만 좀… 우리 애가 철이 없어서 용서해 주시면 안 되겠어요?”

“지금 용서라고 하셨습니까? 아까까지만 해도 펄펄 뛰시며 절 교도소에 보내려고 했던 분 어디 가셨나요?”

“……”

날카로운 말에 움찔한 조철자였다.

“그냥 접수하겠습니다.”

“제발 좀 봐주세요.”

“그리고 한 가지 더 하죠. 제 따귀를 때리셨죠? 그거에 대해서는 폭력혐의로 또 고소할 겁니다. 물론 합의는 없습니다.”

차가운 주찬의 말에 이번에는 어머니 얼굴이 새파랗게 질렸다.

그때 옆에 있던 아버지가 침통한 표정으로 주찬의 손을 잡아끌었다.

"저와 얘기 좀 합시다."

"왜 이렇게 번갈아 가면서 괴롭히십니까."

"잠깐 얘기 좀 하죠. 남자끼리."

그리고 한쪽으로 데리고 가는 아버지였다. 아버지란 사람은 그나마 도리가 뭔지 아는 듯해 차마 뿌리치긴 애매해 못 이기는 척 따라갔다.

"무슨 말씀을 하시려고요?"

주찬이 묻자 남일혁의 아버지가 쩔쩔매다가 겨우 입을 열었다.

"우리 아들이 문제아란 건 알았소만 이 정도일 줄은 몰랐습니다."

"이제 아셨잖습니까?"

주찬의 말이 고울 리 없다. 어린 나이에 싹수 노란 행동을 한 남일혁을 용서하고픈 마음이 전혀 없었다.

'내가 성인군자도 아니고.'

이를 박박 갈았다. 아차 하면 전과자 신세로 변할 아찔한 위기였다.

어찌 좋은 마음이 들겠는가.

"제가 자식을 잘못 가르쳐 가지고."

"그러니까 부모가 못 가르쳤으면 법이 가르쳐 줄 겁니다."

서슬 퍼런 주찬의 말에 한숨을 푹 내쉰 남일혁 아버지였다.

"선생님 뜻대로 하세요."

“네?”

이번엔 주찬이 놀랐다.

“이번 기회에 제대로 버릇 고쳐야지요.”

“진심이십니까?”

주찬이 묻자 남일혁 아버지가 허탈한 듯 고개 숙였다.

“어쩌겠습니까? 제가 그쪽 입장이라도 화가 날 텐데요. 젊은이 인생 못난 제 자식 때문에 망칠 뻔했잖습니까?”

“진심이세요?”

“그래도 아들이…….”

말꼬리를 흐렸다.

순간 침묵하는 주찬이다. 자신의 아버지가 알았다고 해도 앞에 있는 사람과 똑같이 행동할 건 분명했다.

‘아버지 정이란.’

인정할 건 했지만 그래도 분한 건 어쩔 수 없었다.

‘어떻게 하지?’

하지만 생각은 간단했다.

아버지가 하는 걸 보니 미워도 자식인지라 애달픈 얼굴이다. 며칠 전 그나마 냉정하게 행동한 남일혁 아버지를 생각하니 찝찝한 기분이었다.

‘썩을 세상.’

순간 주찬은 생각했다. 생각 같아서는 당장 집어 처넣고 싶었지만 그것도 사람 할 짓은 아니었다.

‘옹졸한 짓이지.’

　억울함을 갚아주기 위해서라도 못된 버릇은 확실히 고쳐줄
생각이다.
　막 마음을 정하려는 순간에 남일혁 아버지가 한마디 했다.
　"제가 죄송하다는 뜻에서 이렇게 하면 안 되겠지만 좀 합의
금을 드리면 안 되겠습니까?"
　"합의금이요?"
　"어떻게 3천만 원이면 되겠습니까?"
　"네?"
　"어차피 합의 안 해주시면 변호사비와 여러 경비로 그 정도
는 나갑니다. 아직 고등학생 아닙니까? 좀 선처해 주세요."
　3천만 원 적은 돈은 아니다. 3천만 원이면 동생들 등록금 마
련에 허리가 휘실 어머니가 일 년은 크게 웃을 수 있는 돈이었
다.
　그러나 이건 아니었다.
　자신이 공갈 협박범도 아닌 바에야 거절이 마땅했다. 그러
나 이대로 물러서긴 뭔가 약이 올랐다.
　"필요없습니다."
　"부탁 좀 드리겠소."
　간절한 남일혁 아버지 얼굴이었다. 미워도 자식이라 어쩔
수 없는 모양이다.
　"보상금은 필요없습니다. 대신 아드님 때문에 어렵게 구한
학원강사 자리에서 잘렸으니 그 보상은 해주시지요."
　"물론 드려야지요."

　그 말에 눈이 반짝 빛난 남일혁 아버지였다.

　“그전에 일단 일혁이를 데리고 오십시오. 저도 공짜는 싫으니 간단하게 교육 한번 시키지요.”

　“그러죠.”

　“좀 심하게 팰 겁니다. 설마 이거로 고소 안 하시죠?”

　“그럼요.”

　“이 약속 녹음합니다.”

　“하세요.”

　휴대폰을 꺼내 든 주찬이 다시 반복해 약속을 받아냈다.

　“그리고 멀리 떨어져 계시면 좋겠습니다.”

　“알겠습니다.”

　남일혁의 아버지는 그저 주찬의 말대로 따를 뿐이었다. 그는 곧바로 주찬에게 다가서 지갑에서 수표를 꺼내주었다.

　“이거 먼저 받으시죠.”

　“이게 뭡니까?”

　“학원강사 못하신 보상금조로 천만 원입니다.”

　순간 화들짝 놀란 주찬이다. 지갑에 천만 원을 넣어 다니는 사람은 처음이다.

　“아니, 이런 거액을…….”

　“제가 사업을 하다 보니까 좀 큰돈을 들고 다닙니다. 어서 받으십시오.”

　거의 억지로 주머니에 구겨 넣다시피 하는 남일혁의 아버지였다. 일단 챙긴 후 주찬이 남일혁 어머니인 조철자에게 다가

갔다.

"지금부터 제가 하는 거에 대해서 반대하신다면 절대 고소 취하하지 않습니다."

"마음대로 하세요."

조철자도 거의 체념한 표정이었다.

"불만있으시면 언제든지 말씀하십시오. 바로 없던 걸로 하고 고소하겠습니다."

"아니에요."

적어도 아들이 전과자가 되는 꼴은 보고 싶지 않은 모양이다. 주찬은 바로 남일혁 아버지에게 말했다.

"차를 좀 몰아주시지요."

"그러지요."

남일혁 아버지가 순순히 승낙했다. 바로 조철자가 따라붙으며 말했다.

"저도 갈래요."

"그럼 고소 취하 없습니다."

단호한 주찬의 말에 찔끔한 조철자였다.

부릉.

출발하는 뒷좌석에 주찬과 남일혁이 탔다. 남일혁은 불안한 표정으로 말도 못하고 눈만 데구루루 굴리고 있었다.

이윽고 한적한 야산에 도착하자 주찬이 말했다.

"세워주시지요. 그리고 여기서 기다리세요."

끽.

말없이 세운 남일혁 아버지였다.

차에서 내린 주찬이 남일혁을 보고 말했다.

"따라와라."

"......"

아무 말 없이 고개만 숙이고 따라오는 남일혁이었다. 이윽고 인적이 없는 중간 정도 오르자 주찬이 우뚝 섰다.

"열 받지?"

"......"

"꼬우면 덤벼."

도발하는 주찬의 말에 눈동자에 살기가 어린 남일혁이다.

'어린 녀석이.'

기가 막혔으나 주찬은 태연했다. 설마 저런 애송이 하나에게 당하랴 하는 마음이었다.

"너 학교에서 짱이라며? 덤벼, 자식아."

"이런 씨팔!"

드디어 남일혁의 입에서 거친 욕이 나왔다.

"네 대."

"뭐라는 거야, 씨팔 놈아?"

남일혁이 소리치자 주찬은 손가락을 구부렸다.

"매가 늘어나네. 욕할 때마다 한 글자에 한 대야."

"이런 개새끼가. 너 오늘 땅에 묻히고 싶냐?"

"얼라. 어린 녀석이 영화는 많이 봐서."

"이런 병신새끼가."

　드디어 악에 받친 남일혁이 주먹을 들고 덤볐다. 주찬은 살짝 긴장하며 마주 자세를 잡았다.
　적 제압.
　특공연대에서 배운 대로 할 마음이다.
　그런데.
　"헉."
　갑자기 달려들던 남일혁의 무릎이 꺾였다.
　'왜 저러냐?'
　의아했지만 반사적으로 넘어지는 남일혁을 가볍게 찼다.
　퍽.
　"아악."
　고통에 비틀거리는 사이 몇 대 더 날아간 주찬의 주먹이다.
　퍽퍽.
　"으윽."
　거의 무방비로 얻어맞은 남일혁이 점점 무력화돼 갔다. 어린 녀석에게 당한 생각하니 열불이 터져 미친 듯 두들겼다.
　"그만."
　남일혁이 고통에 소리쳤지만 주찬은 들은 척도 안 했다. 그렇게 한참을 팬 후 가슴이 후련해진 주찬이 한마디 물었다.
　"또 덤빌래?"
　"이 자식이."
　기를 쓰고 일어서려던 남일혁의 허벅지를 가볍게 찍었다.
　퍽.

한방에 그대로 무너졌다.

"일어서."

"……."

이젠 하도 맞아 두려운 표정으로 변한 남일혁에게 더욱 강하게 나간 주찬이었다.

"또 쇠파이프 들고 밤길 기다릴 거야?"

"……."

한번 매섭게 당해서인지 별말이 없었다. 아직 어린 학생인지라 기가 한번 꺾이자 더 이상 거친 모습을 보이지 않았다.

"엎드려."

"예?"

"엎드리라고 이 자식아!"

털썩.

두려움에 질려 남일혁이 엎드렸다.

주찬은 바로 준비해 왔던 몽둥이를 꺼냈다. 단단한 박달나무로 만든 몽둥이.

"자, 지금부터 아까 거친 말 한 자수대로 얻어맞는다. 알았나?"

"……."

말없이 이를 악무는 남일혁이었다.

'어쭈. 독기는 있다 이거지? 그래, 남자가 그런 자세가 되어 있어야지.'

주찬은 사정없이 한 대를 내리쳤다.

퍽.

"윽."

강한 힘으로 내리치자 바로 사지를 비트는 남일혁이었다.

"똑바로 대라. 허리 나간다."

"씨팔."

이를 악물고 아주 작게 욕을 하면서 버티는 남일혁이었다. 주찬은 못 들은 척 더 세게 내리쳤다.

뻑!

"으악!"

데구루루 구르는 남일혁이 고통에 엉덩이를 잡고 온몸을 비틀었다. 주찬의 눈동자 가득 찬 기운이 물씬 풍기며 다시 두들겨 패기 시작했다.

"자식아, 네가 때릴 때 네 친구들도 이렇게 아팠어."

"끄으윽……."

신음하면서도 버티는 남일혁이다.

"오기가 있다 이거지? 그 오기 땅에 밟아주마."

독기 서린 주찬은 인정 사정 없이 몽둥이를 내리쳤다. 물론 정확하게 겨냥을 하여 허리나 다른 데가 다치는 일은 극도로 피했다. 군대에서 익숙한 구타 습관이 여기서 힘을 발휘하고 있었다.

한 스무 대쯤 때렸을까.

드디어 남일혁의 입에서 비명이 터졌다.

"아악~ 제발요!"

"멀었다."

주찬은 눈빛 하나 흔들리지 않았다. 아직 남일혁의 눈이 살아 있는 걸 분명히 본 탓이다. 그리고 나서도 30여 대를 더 내리친 다음에야 남일혁의 눈이 점점 구타에 따른 공포에 질려 사그라졌다.

"잘못했습니다."

드디어 몽둥이를 내려놓은 주찬의 입이 열렸다.

"뭘 잘못했어?"

"……."

"다시 맞자."

몽둥이를 들자 남일혁이 기겁했다.

"다시는 주먹 안 쓰겠습니다."

"쓰면?"

"……."

"주둥이로만 다짐하지?"

주찬이 으르렁거리자 얼른 대답한 남일혁이다.

"아닙니다. 조용히 살겠습니다."

"착하게 안 살면?"

"……."

주찬이 묻자 남일혁이 입을 다물었다.

"일단 내 손에 걸린 이상 넌 피할 데가 없어. 그리고 분명히 얘기할게. 억울하면 친구들 데리고 와서 복수해도 좋아. 다만 죽어도 좋다는 각오로 와. 이번엔 여기다 곱게 묻어주지. 알겠어?"

"그런 일 없… 습니다."

이미 공포에 질려 눈빛이 완전히 죽은 남일혁이었다.

텅.

그때서야 박달나무를 던진 주찬이 혹시나 하는 마음으로 남일혁 손목을 잡았다.

순간 알지 못할 적개심이 가득 일더니 손아귀에 힘이 가득 찼다.

"으윽."

강한 손목 힘에 남일혁이 신음했다. 완전히 주찬에게 눌리는 순간이다.

이유는 몰랐지만 나쁜 일은 아니기에 넘어갔다.

'오로라와 비슷한 현상인가?'

단지 그 생각만 하고 마음을 접었다. 다음 순간, 고통에 인상을 구긴 남일혁에게 한마디 했다.

"너 인생 망치고 싶어?"

"아닙니다."

얼른 대답하는 남일혁에게 일침을 놨다.

"싸가지없는 놈치곤 눈치가 빠르네."

"네."

강한 악력에 놀란 남일혁이 정신없이 고개를 끄덕였다.

"정신 차리고 살아."

그 말이 마지막이다.

정신 차리고 아니고는 이젠 자신과 상관없다고 느꼈다. 그러나 세상 일은 엉뚱하게 벌어지게 마련이다.

남일혁이 축 처진 어깨로 산을 내려가자 유심히 보던 남일혁 아버지가 주찬에게 얼른 다가섰다.

"저놈이 나이가 어려도 싸움질은 대단한 녀석이죠. 그런데 선생님에게 호되게 당한 모양인데요."

"운이 좋았습니다."

주찬은 길게 말하고픈 마음조차 없었다. 그러나 남일혁 아버지는 끈질겼다.

"부탁 하나만 드려도 되겠습니까?"

"무슨?"

"저놈 좀 인간 만들어주시면 안 될까요?"

"네?"

놀란 주찬.

남일혁 아버지는 천천히 말했다.

"쌈질 하는 놈은 더 강한 사람이 다스려야 한다더군요. 듣자하니 선생님이……."

"저 선량한 사람입니다. 못 들은 걸로 하죠."

간단하게 거절한 주찬의 생각은 하나였다.

'바빠 죽겠는데 저거 인간 만들 시간 없어.'

이 정도까지만 하면 됐다고 생각한 주찬이다.

아버지와 남?

서로 생각하는 차이가 날 수밖에 없다.

남일혁의 아버지는 필사적이었다.

"아들이라서 가르치는 데도 한계가 있어요."

이야기를 듣던 주찬은 이대로 물러서기는 너무 뭔가 그랬기에 천천히 제안했다. 주찬의 성격상 뒤끝도 상당했다.

"이번 기회에 버릇 한번 고치시죠."

"어떻게 말인가요?"

"제가 하는 대로 내버려 두시면 됩니다. 물론 약속드리죠. 절대 호적에 빨간 줄 가게 하지는 않겠습니다."

"글쎄, 가능할까요?"

남일혁 아버지의 이야기를 들어보니 정말 집에서도 말썽꾸러기임이 분명했다. 자신이 당한 분풀이도 할 겸 살며시 제안했다.

"가슴이 아프실 텐데요?"

"뭐 사람만 된다면요. 죄를 지은 녀석이니 당연히 벌은 받아야겠죠."

남일혁 아버지가 곧장 수긍했다.

"그럼 해보겠습니다. 일단 경찰서로 다시 가시죠."

"그럴까요?"

신이 난 남일혁 아버지가 경찰서로 차를 몰았다.

주찬은 경찰서에 도착하자마자 담당형사에게 찾아가 말했다.

"일단 고소했다가 나중에 취하하면 별일 없는 거죠?"

“그건 그렇습니다만.”

“일단 무고죄로만 하겠습니다. 다른 거까지 하면 그렇죠?”

“그렇죠. 상해죄가 들어가면 머리가 아프죠.”

형사도 주찬과 똑같은 마음인 모양이었다.

“그럼 바로 해주시죠.”

“그럴까요?”

형사가 웃으며 주찬과 함께 얼른 일어서 남일혁 아버지에게가 말했다.

“그 녀석 어디 있습니까?”

“밖에 있습니다.”

“같이 가시죠.”

형사가 밖으로 나가 남일혁을 잡아끌었다.

“이리 와!”

“어디로요?”

“어디긴 유치장이지 인마! 잘못했으면 벌을 받아야지. 그리고 부모님 들으세요. 뭐라 하시면 상해죄까지 고소하겠답니다.”

부모 모두 침묵이다.

순간 새파랗게 질린 남일혁이다. 남을 두들겨 패기는 했었지만 이렇게 경찰서까지 불려와서 유치장까지 간 적은 없었다.

겁에 질린 남일혁이 조철자에게 소리쳤다.

“어머니 뭐하세요!”

“아니…….”

조철자도 새파랗게 질린 표정이었다.

“어서 와.”

형사는 다짜고짜 남일혁을 끌고 유치장 쪽으로 사라져 버렸다.

그러자 남일혁 아버지가 얼른 주찬에게 다가왔다.

“선생님…….”

“두고 보시면 압니다. 별로 해가 되지는 않을 겁니다.”

“아니, 아무리 그래도 그렇지.”

이야기를 듣다가 버럭 소리 지르려는 조철자를 남일혁 아버지가 가로막았다.

“여보, 일단 선생님이 하는 대로 내버려 둬. 일혁이한테는 좋은 일이야.”

“우리 애가 유치장에 갔어요. 어떡해?”

“지켜보면 알아.”

남일혁 아버지가 조철자 손을 끌고 가며 주찬을 바라보자 얼른 대답했다.

“잘될 겁니다.”

“선생님 부탁합니다.”

“뭐 그리 오래 걸리지는 않을 겁니다.”

주찬은 곧장 집으로 돌아갔다.

다음날 오후가 될 무렵 다시 경찰서를 찾았다.

"형사님, 남일혁 어디 있습니까?"

"유치장에 있죠."

빙글빙글 웃는 형사의 얼굴에 주찬의 마음을 다 안단 표정이 그대로 드러나 있었다. 주찬도 멋쩍은 듯 빙긋 웃으며 말했다.

"일단 면회 좀 될까요?"

"음. 아예 밖에 데려가서 얘기하는 게 어떨까요?"

한술 더 뜨는 형사였다. 사실 이런 경미한 사건은 형사 입장에서도 그다지 신경 쓰고 싶지 않았다.

"그러면 좋죠."

두 사람 사이에 묘한 분위기가 만들어졌다.

주찬과 함께 나온 남일혁은 단 하루 사이에 얼굴이 홀쭉해지고 얼굴은 꺼멓게 죽어 있었다.

"어때? 또 한 번 덤빌 생각이 있어?"

도리도리.

고개를 세차게 젓는 남일혁을 보고 주찬이 한마디 했다.

"잘못했어?"

"……."

말없이 고개를 푹 숙이는 남일혁에게 주찬의 호통이 날아들었다.

"꿇어."

"네?"

"한국말 몰라. 무릎 꿇으라고."

"선생님."

"언제부터 선생님이야. 못해?"

으르렁거리는 주찬의 말에 망설이던 남일혁이 할 수 없이 땅에 무릎을 댔다. 단 하루였지만 어린 나이에 유치장에서 하룻밤이 참을 수 없는 공포를 준 모양이었다.

"뭐해? 손이 발이 되도록 빌어야지."

주찬의 말이 떨어지자 얼른 빌어댄 남일혁이 떨리는 목소리로 한마디 했다.

"잘못했습니다……."

"앞으로 주먹질 할 거야?"

"안 하겠습니다."

고개를 푹 숙이는 남일혁에게 날카로운 한마디가 날아들었다.

"어려서부터 막 살지 마라. 저쪽에 부모님이 계시니까 가봐."

"가보라니요. 가봐도 됩니까?"

"어린 인생이 불쌍해서 한 번은 봐주지. 하지만 너 그렇게 살다간 언젠가는 제대로 유치장 간다."

그 말을 끝으로 남일혁을 외면하고 걸었다.

멀리서 보니 부모가 머리를 쥐어박으면서 차에 태우는 모습이 보였다.

"자식. 부모 복은 있네."

미소 지으며 형사에게 간 주찬이 물었다.

“애가 변했네요.”

“그러겠죠.”

의미심장한 형사의 말에 주찬이 의문스러워 살며시 물었다.

“아니, 하루 사이에 어떻게 된 겁니까?”

“뭐 별거 아니에요. 실수인 척 폭력범이 득실거리는 유치장에 집어넣었습니다.”

“그러셨군요.”

“요새 과로해서 그만. 거기다 그 녀석 아버님도 은근히 추천하시고.”

그때서야 알아들은 주찬이 빙그레 웃었다. 아무리 학교에서 논다 하지만 사회 폭력배 앞에서 어떻게 됐을지는 안 봐도 뻔한 일이었다.

“자식. 밤새 시달렸겠군요.”

“조금 괴로웠을 겁니다.”

“형사님, 나중에 해장국이라도 한번 할까요?”

“뭐 지금 하시죠.”

“그럴까요?”

두 사람은 나란히 해장국 집으로 향했다.

“잘 먹었어요.”

“형사님, 다음에 또 뵙겠습니다.”

“하하. 나 보는 거 그리 좋은 일 아닐 텐데요.”

“그런가요?”

주찬이 머리를 긁었다.

즐겁고도 가볍게 식사를 마치고 뒤돌아서 나오는 주찬은 왠지 어깨가 가벼워진 기분이다.

“휴.”

마치 어려운 고비를 넘어간 기분이다. 더군다나 부수입까지 얻었으니 기분이 하늘을 날아갈 듯 기뻤다.

“가야지.”

지금은 집에 가고 싶은 시간이다.

집에 돌아온 주찬은 얼른 주머니에서 수표를 꺼내 들었다. 0이 무려 일곱 개였다.

일천만 원짜리 수표 한 장. 생전 처음 만져 보는 거액이다. 심장이 벌렁거렸지만 애써 고개를 흔들었다.

“천만 원에 이렇게 흔들리지 말자. 앞으로 나는 더 벌 사람이야.”

스스로에게 자기최면을 거는 주찬이다.

물론 그건 꿈이 아니라 현실이 될 수도 있다. 생전 처음 두 손을 가지런히 모으고 간절히 기도하기 시작했다.

“이 능력이 계속 지속되기를……”

존재하는 그 누구라도 상관없이 빌고 또 빌었다. 한참 후 다시 손을 내린 주찬은 조금은 편안해진 마음으로 침대에 들어갔다.

다음날 오전 일어나자마자 세수를 마치고 바로 옷을 갈아입었다. 이제는 집에 갈 순서였다. KTX를 타고 고향인 대전으로 내려갔다. 밤에는 학원 강의가 있으니 빨리 다녀와야만 했다.

대전에 도착하자마자 갤러리아 백화점에 가서 선물을 한 아름 사 들고 집으로 향했다.

자그마한 슈퍼마켓.

희망 슈퍼.

채 이십 평도 안 되는, 그야말로 동네 슈퍼마켓이다.

여기가 식구들이 그동안 그나마 밥이라도 먹게끔 만든 생활의 터전이었다.

주찬은 맞은편 300미터 떨어진 곳에 있는 대형 슈퍼마켓을 보고 영 못마땅한 표정을 지었다.

"좌우간 있는 놈들이 더해."

거기에는 대기업체 슈퍼마켓이 자리하고 있었다. 저 슈퍼마켓이 들어온 이후 매출은 반으로 뚝 떨어졌다.

덕분에 늘 빠듯한 생활로 그나마 힘겹게 살아오던 살림이 휘청거리는 건 사실이다.

때문에 대학을 졸업하고 좋은 직장에 들어가 하루라도 빨리 보태주고 싶은 마음이 컸다.

그러나 지금은 상황이 또 달라졌다.

'모로 가도 서울만 가면 되지.'

주찬은 복잡한 마음으로 천천히 슈퍼 안으로 들어섰다.

“어머니, 저 왔어요.”

“응? 네가 웬일이냐?”

카운터에서 뭔가 정리하다가 주찬을 보곤 깜짝 놀란 어머니였다. 불과 몇 달 전과 또 다른 모습.

흰머리가 유난히 늘어난 걸 보고 마음이 저렸다.

“오늘 아르바이트 쉬는 날이어서요. 아버지 방에 계시죠?”

“그래, 들어가자.”

얼른 일어서 방으로 안내하는 어머니였다. 슈퍼 안에 있는 작은 안채, 방 세 개짜리 집이다.

방 세 개짜리란 말이 부끄러웠다. 방 하나가 코딱지만 해서 방 두 개짜리라고 해도 과언은 아니다.

들어가자 아버지가 쉬고 있다가 벌떡 일어났다.

“왔냐?”

“네, 아버지. 애들은 어디 갔나 보죠?”

“아르바이트 갔지.”

영 민망한 얼굴이다.

아비가 되어 자식들이 편안하게 공부도 못하고 아르바이트로 연명하는 게 그리 편안한 마음은 아닐 것이다. 하지만 주찬의 생각은 달랐다.

‘살다 보면 그럴 수도 있는 거지.’

아버지라고 돈 벌고 싶지 않겠는가. 열심히 사셨지만 운이 따라주지 않았을 뿐이라고 생각했다.

“아버지, 일단 선물 받으세요.”

"이게 뭐냐?"

"아버지 허리가 안 좋으시잖아요. 허리 찜질기예요. 그리고 날씨가 추우면 입으시라고 제가 거위털 파카를 사왔어요."

가만히 바라보던 아버지가 한마디 했다.

"환불해서 학비에 보태 써."

"아버지."

"잔소리 말고 그리해."

꼬장꼬장한 성격은 그대로였다. 민망해진 주찬이 잠시 머뭇거릴 무렵 어머니가 구원 등판했다.

"아니, 네가 돈이 어디 있다고 이런 걸 사왔어?"

"아르바이트해서 돈을 좀 벌고, 그리고 또 부수입이 생겼어요."

"부수입이라니?"

옆에 있던 어머니 눈이 동그래졌다. 항상 학비와 생활비 대기도 허덕대던 주찬이다.

그런데 뚱딴지같이 선물을 사오니 놀라는 건 당연한 일이었다.

"제가 장남인데 역할을 못했던 거 같아요. 그래서 이번에 한번 한풀이를 해보려고요."

빙글빙글 웃는 주찬의 마음이 푸근했다.

"녀석도 참."

어머니가 사람 좋은 미소를 지었다. 아들이 이렇게 선물을 사오는데 싫어할 부모가 어디 있겠는가?

아버지가 막 뭐라 할 순간 주찬이 선수 쳤다.

"이건 어머니 선물이에요."

"이건 또 뭐냐?"

"아버지와 같이 입으시라고 거위 털 파카하고 어머니 평소 몸이 안 좋으신데 옥이 좋다고 해서 옥 반지, 옥 목걸이를 사왔어요."

"아니 이 녀석아, 돈이 어디서 난 거야?"

그때서야 약간 불안한 표정이 된 어머니였다. 주찬은 천천히 내친김에 아버지께 봉투를 내밀었다.

"아버지, 이거 받으세요."

"이건 뭐냐?"

"팔백만 원이에요."

"뭐? 팔백만 원?"

뒤로 넘어갈 듯한 아버지다.

"네, 제가 이번에 부수입을 얻었다고 했잖아요."

"돈이 하늘에서 떨어지기라도 한 거야? 너 혹시 엉뚱한 짓 한 거야?"

아버지 목소리가 추상처럼 엄했다.

주찬은 솔직하게 말하기로 했다. 대충 둘러친다고 넘어갈 아버지가 아니란 건 어려서부터의 경험으로 알았다.

"실은……."

천천히 설명하자 아버지 안색이 확 변했다.

"그러니깐 대가로 받은 돈이란 말이냐?"

“네.”

“이 자식이!”

화를 벌컥 낸 아버지가 손을 들었다. 한 대 내려칠 기세였기에 기겁한 어머니가 얼른 말렸다.

“여보.”

“비켜요!”

“들어보니 주찬이가 잘못한 것도 아니잖아요.”

“시끄러워요!”

아버지가 고함쳤다.

주찬은 도무지 이해하기가 힘들어 아버지에게 항변했다.

“제가 잘못한 게 뭡니까?”

“정말 몰라?”

“몰라요.”

주찬이 볼멘소리로 대답하자 잠시 노려보던 아버지가 한마디 했다.

“상대의 약점을 이용해 돈을 받은 게 잘한 짓이냐?”

“정당한 대가입니다.”

“아니지. 거기다 비록 네가 안 때렸다지만 그 학생이 실수로 이가 부러졌다며?”

“그랬대요.”

“어찌 보면 네가 원인 제공자잖아.”

아버지의 깐깐한 대쪽 성격이 여실히 드러났다.

“그리 말씀하시면 남의 돈 어떻게 받습니까?”

"열심히 일한 대가만 받아도 살아."

저 마음이었다.

집이 이 꼴인 건 말이다.

순간 반발심이 일어난 주찬이 한마디 했다.

"나쁜 짓 한 건 아니잖습니까?"

"사람에겐 도리란 게 있어."

주찬을 믿었던 아버지지만 평소 꼬장꼬장한 성격답게 나왔다.

"아버지."

"그냥 가져가라."

다시 봉투를 스르르 밀어내는 아버지였다.

"아니 아버지, 애들 등록금도 있고 그럴 텐데요."

"그건 내가 알아서 해."

단호한 표정. 아무리 봐도 바늘 하나 들어갈 틈도 없었다.

"그냥 받으세요."

"아비 아직 능력 있어."

당당한 모습.

그 얼굴이 한편 좋았으나 지금은 이겨야 했다.

"먹고사는 건 알죠. 애들 등록금이 문제 아니겠어요? 벌써 대학생이 세 명인데 힘드시잖아요."

"안 힘들다."

꼿꼿한 성격이 여지없이 나왔다.

'쉽지 않네.'

눈치를 보니 더 권했다간 따귀라도 맞을 기세였기에 슬쩍 우회했다.

"자, 일어나세요. 대신 오늘은 제가 근사하게 점심이나 사드릴까 하는데요."

"가게는 어쩌고?"

"잠깐 닫으시면 되죠. 애들은 아르바이트해서 힘들 거고 두 분이라도 제가 모시고 싶어요."

"그건 아니다. 사람들하고 약속이 있지. 우리가 가게 문을 닫으면 단골손님들이 싫어하잖아."

단호한 아버지의 말이다. 평생을 한결같이 살아온 성실함이 빛을 발하는 순간이다.

존경스러웠지만 한편으론 억울한 느낌이다.

'세상 더럽게 불공평해.'

속으로 욕설이 절로 나오는 주찬이다. 저렇게 열심히 하루를 보내는 분이 힘들게 살아가는 세상이 영 못마땅하기만 했다.

'언놈들은 앉아서 배 두드리고 있는데 도대체 뭐가 문제지?'

하지만 어차피 사회라는 게 불공평하니 그냥 넘어갈 수밖에 없었다. 결국 근사한 식사 대접을 포기한 주찬이 말을 꺼냈다.

"밥 주세요."

"오냐."

얼른 반색하며 부엌으로 향하는 어머니.

아버지는 둘만 남게 되자 넌지시 다시 물었다.

"나쁜 짓 한 거 아니지?"

"맹세해요."

"그럼 됐다."

그제야 안도한 표정이다.

오랜만에 맛난 식사를 마치고 주찬이 말했다.

"역시 집 밥이 최고네요."

"끼니는 먹고 다니니?"

걱정스런 어머니의 물음에 주찬이 호기롭게 대답했다.

"잘 먹어요."

"녀석."

영 못 미더운 어머니 눈치였다.

"그럼 저 그만 올라가 볼게요. 아르바이트 시간이 다 됐거든
요."

"그래, 올라가라. 날씨는 춥지 않니?"

"방 따뜻해요."

"돈 아끼지 말고 보일러 틀고 그래. 감기 걸리면 돈 더 들
어."

어머니가 따라 나오면서까지 말했다.

"올라가 볼게요."

그 순간 어머니가 주머니 속에 무언가를 푹 찔러 넣어줬다.

"이거 가다가 차비라도 해."

뭉클한 기분이다. 어머니의 정이 느껴졌다.

"잘 쓸게요."

"그래, 그래. 고생스럽지만 열심히 살고."

어머니의 표정, 거기엔 자식을 아끼고픈 한없는 사랑이 숨어 있었다.

주찬은 끓어오르는 마음을 참지 못하고 살짝 어머니를 끌어안았다.

"어머니, 조금만 참으세요."

"너도 조금만 고생해라."

가족 간의 정이 무엇인지 느끼는 순간이다. 이 순간 냉정해진 머리가 조금 데워진 느낌이 들었다.

조금 계산적이고 냉정해진 마음이 부글거리며 끓는 기분이랄까?

"이건가?"

조금은 알 것 같은 마음이다.

집을 나선 주찬이 곧장 남동생인 이민찬에게 전화했다.

"민찬아, 나 좀 보자."

"어딘데?"

"대전이야. 대전역에서 보자."

"알았어."

늘 그랬듯이 군말없이 이민찬이 간단하게 대답했다.

"성격들하곤."

웃음만 나왔다.

잠시 후 이민찬을 만난 주찬이 봉투를 내밀었다.
"받아라."
"뭔데?"
"책 사봐."
심드렁한 주찬의 말에 봉투를 거침없이 열어본 이민찬이 흠
칫했다.
"왜 이리 많아?"
"그냥 받아."
주찬의 말에 가만히 바라보던 이민찬이 봉투를 다시 건네줬
다.
"형 학비에 보태 써."
"민찬아."
"난 집에서 다니고 아르바이트로 용돈 버니 괜찮아."
"형이 주는 거야."
"나중에 많이 벌면 도와줘. 지금은 아니야."
어쩌면 이리 판박이인지.
주찬은 가슴이 벅차올랐다.
이게 내 동생이다.
어려워도 꿋꿋이 살아가는 모습이 너무도 믿음직스러웠다.
자신이 한 행동이 실수란 생각마저 들 정도였다.
"혜리에게 줘."

"걔도 안 받을걸."
"푸하하! 우리 남매 맞나 보다."
"당연하지."
이민찬의 얼굴에 미소가 떠올랐다.
"밥이나 사주마."
"그건 좋아. 기왕이면 고기로 사줘."
"알았어. 혜리도 부르자."
"아르바이트 중일걸."
"그럼 나중에 사주지, 뭐."
형제는 근처에서 가장 맛난 고기 집으로 향했다. 서로를 향한 따스한 마음이 한없이 피어나는 순간이다.

Chapter 05
작은 외출

1월 0일

　집에서 일을 기분 좋게 마치고 다시 서울로 올라온 주찬은 다시 일상에 몰두했다.

　바쁜 일정에 쫓기기도 했지만 시간은 흘러 어느덧 1월을 향해 치닫고 있었다.

　오늘도 무심코 강의실에 들어선 주찬이 깜짝 놀랐다. 숫자가 훨씬 늘어난 학생들. 그런데 어딘지 모르게 낯익었다.

　"선생님!"

　반색을 하며 손을 흔드는 아이들. 분명히 대진학원에서 같이 공부하던 아이들이다.

　"너희들이 여긴 어쩐 일이냐?"

　"어쩐 일이긴요. 선생님 따라왔죠."

"아니, 다니던 학원은 어쩌고?"

주찬이 묻자 아이들이 입을 쭉 내밀었다.

"새로운 수학 선생님이 선생님보다 훨씬 못 가르쳐요."

"그런 말 하는 거 아니야. 다들 열심히 가르치는데."

"그래도 선생님이 짱이었어요. 그래서 어머니를 졸라서 이쪽으로 옮겼어요."

아직 한 달이 채 되지 않은 때였기에 주찬이 넌지시 물었다.

"학원비 돌려주데?"

"안 돌려주죠!"

심통난 목소리였다.

"미안하구나. 나 때문에 그래 가지고. 내가 학원비를 좀 깎아줄까?"

"아니에요. 괜찮아요."

"원장님하고 얘기해 볼게."

그리고 밖으로 바로 나간 주찬이었다. 전태진 원장과 마주 앉은 주찬이 사정 얘기를 털어 놓았다.

처음엔 말없이 듣던 전태진 원장이 대뜸 곤란한 표정을 지었다.

"그거 힘들지 않을까요? 수업료가 꽤 될 텐데."

"절 보고 온 학생들입니다. 멀리 보고 하시는 게 어떨까요?"

주찬은 원장의 배포를 한번 테스트해 보고 싶었다. 어떤 결과나 나올지 유심히 지켜보는 주찬을 바라보던 원장이 고민 끝에 해답을 내놓았다.

"알겠습니다. 선생님을 믿고 그렇게 해보도록 하죠. 그러면 그전에 봐온 새로 들어온 아이들에게는 이번 달만 반값으로 하고 다음 달은 없습니다?"

"그럼요. 다음 달은 제대로 받아야죠. 그래야지 저도 수입이 늘어나는 거 아닙니까?"

"허허, 참 선생님은 재미있으신 분이에요. 자기 수업료를 깎아먹는 짓을 스스로 하다니."

"원래 멀리 봐야지요."

"하하, 그게 정답인데, 참."

사실 원장은 깜짝 놀랐다. 학원 선생이라면 원래 수입에 민감하고 짜디짠 사람들이다.

그런데 주찬이 배포 크게 나오자 원장도 어쩔 수 없이 승낙했지만 왠지 기분만은 좋았다.

"원장님 배려에 감사드립니다."

"허허, 학생들한테 끝나고 나면 돌려준다고 전해주세요."

강의실에 돌아온 주찬이 바로 애들에게 말했다.

"나중에 돌아갈 때 환불 받아서 가라."

"와!"

함성을 지르는 아이들이었다.

"분명히 말하지만 그 돈 삥땅 쳐가지고 PC방 가는 인간들이 있으면 아주 혼날 거야. 집에 일일이 전화할 거거든?"

"에이~ 선생님, 그러면 안 되죠."

"그래도 된다."

주찬이 빙그레 웃자 아이들도 더 이상 말하지 않았다. 그러
자 먼저 온 아이들이 반발했다.

"저희들은 어떻게 되는 겁니까?"

"그럼 전에 나와 같이 학원 다니지 그랬냐?"

한마디로 묵살해 버린 주찬이었다. 애들이 입이 나오기 직
전 주찬은 바로 수업에 들어갔다.

"자자, 잡소리 그만하고 수업하자. 배워서 남 주는 거!"

"아니다!!"

주찬의 구호가 아이들의 입에서 터져 나왔다.

"그래, 배워서 남 주는 거 아니다. 옛말에 그런 말이 있어.
돈은 훔쳐 갈 수 있고 명예도 가져갈 수 있지만 지식은 못 가져
간다는 탈무드 아저씨의 말이 계셨다."

"그게 무슨 말입니까, 선생님?"

"자세히 설명하려면 수업 시간이 아까우니까 탈무드란 책
을 사 보도록. 사서 남 주는 거 아니다."

"에이~ 선생님."

"인터넷에 보면 탈무드에 대한 일화도 많으니까 지식인에
서 보든지. 자, 수업하자."

그걸로 이야기는 끝이었다. 주찬은 한결 느긋한 마음으로
수업에 임했다. 이제는 점점 경험이 붙자 주찬의 설명은 탄력
을 받고 있었다. 주찬은 자신이 가졌던 지식을 아낌없이 뿌리
는 기분이 참 쏠쏠했다.

점점 재미가 붙은 학원 강사 생활이었다.

요란한 휴대폰 소리에 잠에서 깨어난 주찬이 투덜거렸다.

"누가 아침부터 전화야?"

시계를 보니 오전 9시 30분이었다.

"여보세요?"

"이주찬 선생님이십니까? 저 장일수 원장입니다."

"원장님이 어쩐 일이십니까?"

"어떻게 그럴 수가 있습니까?"

화가 잔뜩 난 목소리에 잠이 확 깬 주찬이 되물었다.

"무슨 일이냐고 여쭸습니다만?"

"학생들을 다 끌고 가면 어쩌겠다는 거요!"

그제야 장일수 원장이 화를 내는 이유를 알아차린 주찬이 차분하게 대답했다.

"제가 그런 적은 없습니다."

"그럼 도대체 이게 어떻게 된 거요?"

"학생들한테 물어보십시오. 전 단 한 명도 얘기한 적이 없습니다. 학생들이 알아서 따라 온 것을 어떻게 합니까? 그렇다고 쫓아냅니까?"

"……"

순간 말문을 닫은 상대였다.

"저는 하늘에 맹세코 양심에 걸린 짓 안 했으니 그렇게 아십시오. 저 그럼 이만."

"그러지 말고 잠깐 내 얘기 좀 들어주시오."

“말씀하십시오.”

“우리 학원에 다시 나오시면 안 되겠습니까?”

“그럴 생각이 없습니다. 죄송합니다. 그럼 전화 이만 끊습니다.”

뚝 끊어버린 주찬이었다.

“사람이 이렇게 아침 다르고 저녁 다르면 안 되지.”

그때 장일수 원장에게 당했던 수모가 떠오르자 주찬은 혈압이 확 올랐다. 이제는 자신이 약자가 아니다.

“그래, 이런 기분 오랜만이야.”

늘 아르바이트하면서 주인 눈치만 봤던 자신이 순간 변한 느낌이었다.

“잠깐, 이건 아닌 것 같아.”

주찬이 뭔가 이상한 생각이 들었다. 정이 많았던 자신이다. 그런데 이렇게 냉정하게 말할 수 있다는 사실이 좀 이상했다.

“뭘까?”

곰곰이 생각해 보니 뭔가 성격이 변한 것을 확실히 느낄 수 있었다.

전엔 조금 우유부단한 성격이 있었다면 지금은 아니다.

“그때 포항 사건 이후로 이렇게 된 건가?”

틀린 말은 아니다. 이성적인 판단력이 올라가고 이해력이 높아질수록 이상하게 마음은 차갑게 식어가는 느낌이었다.

“이러다가 냉혈동물 되겠어.”

화들짝.

마치 찬물을 뒤집어쓴 기분이다. 주찬은 반사적으로 서가에서 시집을 하나 꺼내 들었다.

자신이 가진 유일한 시집.

언젠가 친구에게 선물 받은 시집이다. 천천히 넘겨보자 전에 읽었던 것과 전혀 다른 감흥이 느껴졌다.

무의미한 단어의 나열이란 생각이 먼저 들었다. 아무리 봐도 아름다운 단어의 조합이란 느낌이 깊게 와 닿지 않았다.

"분명히 달라."

전엔 감탄하며 읽었던 시집이기에 충격이 작지 않았다. 멍하니 창문을 바라보던 주찬은 뭔가 잃어버린 느낌이었다.

"뭐로 찾을 수 있을까?"

조금은 허탈한 기분이었다. 냉정한 자신, 물론 살아가면서 좋을 수도 있지만 따스한 영혼을 갖고 싶은 게 주찬의 기본 마음이었다.

"당장은 어떻게 풀 수가 없군."

그런데 묘한 일이 벌어졌다. 강의한 지 두 달째가 되자 분명히 학생들 사이에 소문은 나고 있는 거 같은데, 막상 수강 신청하는 학생들은 그다지 늘지 않았다.

'뭔가 이상하네?'

이상한 낌새를 눈치챈 주찬이 수강 신청이 시작되자 슬쩍 안내데스크 근처에서 귀를 쫑긋 세웠다.

스스로도 웃기는 일이었다.

'참 살다 보니 별짓 다 하네.'

조금 지나자 학생들이 우르르 몰려오는 모습이 보였다.

"수학 단과 강의 들으려고요. 누가 강의 잘하죠?"

"조동팔 선생님이 잘해요."

"그분으로 해주세요."

하나둘씩 그쪽으로 학생들을 몰아가는 안내데스크 여직원이었다. 가만히 듣던 주찬은 뭔가 이상함을 느꼈다.

'냄새가 좀 나네.'

한참을 지켜봐도 여전히 조동팔 선생에게로 권유하는 안내 목소리는 변함이 없었다.

점점 더 학생들은 그쪽으로 많이 몰리기 시작했다. 학생들이 뜸할 무렵 드디어 조동팔 선생이 모습을 드러냈다.

"고생 많으시네요."

"어머, 조 선생님."

안내데스크 아가씨 목소리가 유난히 상냥했다.

"제가 뭐 드릴 건 없고, 이거 가다가 옷이나 한 벌 사 입으세요. 많이 못 넣었습니다."

"어머, 이렇게 해주시면……."

얼른 봉투를 받아 챙기는 안내데스크 아가씨였다.

'역시 그랬군.'

모종의 커넥션이 있다는 것을 두 눈으로 보았다. 아직 학원 경험이 미천한 주찬이 처음 보는 광경이기도 했다.

곰곰이 생각해 보면 이치적으로 맞는 이야기기도 했다. 학원에 처음 온 학생들이 누가 명강사인지 어떻게 알겠는가? 원래 듣던 학생들이 아니라면 당연히 안내 여직원 말을 따르게 마련이다.

이해를 떠나 씁쓸한 웃음이 나왔다.

'참, 치사한 인생들이네.'

그렇다고 자신도 그 대열에 끼고 싶은 마음은 없었다. 천천히 발걸음을 옮기는 주찬이 남몰래 중얼거렸다.

"실력으로 승부하지."

그 생각뿐이 없었다. 저렇게 치사하게 해서 학생들을 모아봐야 무슨 소용 있겠는가? 실력으로 떳떳하게 응징하고 싶은 마음이 강했다.

"나중에 보자고."

잘됐을 경우 그때 한번 본때를 보여줄 생각이었다. 남에게 당하고 그냥 넘어갈 주찬이 절대 아니었다.

드디어 5대 5로 나눈 첫 월급날. 전태진 원장은 함박웃음을 지으며 주찬에게 두툼한 봉투를 내밀었다.

"이번 달엔 이주찬 선생님 수업료가 만만치 않네요. 전 학원에서 새로 온 학생들이 늘어서 말이지요. 좌우간 축하합니다."

"다 원장님 덕분입니다."

서로에게 덕담을 주고받는 두 사람이다. 전태진 원장은 주찬의 손을 꼭 잡고 말했다.

"우리 잘해봅시다."

“뭐 제가 할 도리만 할 뿐이죠.”

의례적인 말만 하는 주찬이다. 그러다 흠칫할 수밖에 없었다.

전이라면 이런 행동을 했을까?

조금은 의아스러웠다.

밖으로 나온 주찬은 봉투 속을 들여다보고는 만족한 미소를 지었다. 얼핏 봐도 3백만 원 정도 되는 거금이다. 오만 원짜리 지폐 속에는 신사임당께서 환하게 웃고 계셨다.

“3백만 원이라……..”

전이라면 엄두도 못 내는 돈이다.

어찌 보면 보수가 짠 일부 대기업 초임 사원보다 나은 월급. 갑자기 생긴 돈에 대해서 영 실감이 나지 않았다.

주찬은 바로 은행에 들러 입금시키고 집으로 50만 원을 송금시켰다.

그래도 나머지 돈은 아직도 풍족했다. 이 상태라면 3월에 낼 등록금 마련에는 별다른 어려움이 없었다.

모처럼 돈이 생기자 크게 호기가 돋은 주찬이 친한 친구들에게 전화했다.

“나 주찬이야.”

“어? 너 아직 안 죽었냐? 언제 부고장 날아오냐고 친구들끼리 걱정하고 있었다.”

격의없는 농담이 먼저 나왔다.

“부고장 보내기 전에 형이 술 한잔 쏘려고.”

"술을? 야, 너 인간 됐구나?"

"원래 인간은 됐었어. 돈이 없었지."

"그럼 오늘 멋지게 한턱 내는 거야?"

"한도 내에서."

"한도가 어느 정도인데?"

"너희들 하는 거 봐서. 늘 보던 소줏집에서 보자."

전화를 끊고 난 주찬이 서둘러 걸음을 옮겼다. 동작 빠르기로 유명한 친구들이다. 그들이 오는 데는 그다지 오랜 시간이 걸리지 않을 것이다.

자신이 가는 게 오히려 더 시간이 걸릴 것이다. 도착하자 역시나 친구들이 모두 모여앉아 손을 번쩍 들었다.

"여기야!"

"어이, 반갑다."

활짝 웃으며 다가가는 주찬이었다. 친구들이 정말 놀랐단 얼굴로 맞이했다.

"네가 웬일로 술을 다 산다고 그러냐?"

"여기서는 너희들 먹고 싶은 대로 먹어도 돼."

"좋았어. 아줌마, 여기 다섯 병하고요, 안주 푸짐한 거 세 개! 괜찮아, 주찬아?"

"네 개 시켜도 돼."

"자식아, 탁자가 모자라."

연신 빙글거리는 친구들이었다. 한턱 낸다는 게 반갑기도 했지만 주찬을 봤단 것이 더 즐거운 모양이었다.

젊음이란 이래서 싱그러웠다.

오랜 만남으로 인해 서로를 너무나 잘 알고 있는 친구들이다.

"캬아!"

술을 한두 잔씩 기울이면서 취기가 오른 주찬과 친구들이었다. 묵묵히 술을 마시는 주찬을 보고 한 친구가 물었다.

"너 무슨 걱정거리 있냐?"

"조금 있긴 해."

왠지 솔직하고 싶었다.

"얘기해 봐."

"요새 들어 마음이 굉장히 차가워지는 거 같아. 냉정해지고 말이야."

"네가 나이 들어가는 증거 아니겠냐?"

"아니, 그런데 나이 드는 것보다 너무 빠른 거 같아. 뭔가 감정이 메마른다고 그럴까? 그런 기분이야."

"자식이. 외로워서 그래, 인마."

친구들은 가볍게 넘겼다.

외롭다.

어쩌면 그럴지도 몰랐다. 학교와 집을 반복하는 생활이 벌써 삼 년째다.

생활의 여유가 단 하루도 없었던 삶이다. 팍팍한 삶을 지내다 보면 그럴 수도 있다는 생각이 들자 주찬이 고개를 끄덕였다.

“그럴지도 몰라.”

“야, 그러지 말고 오늘 형들이랑 좋은 데 가볼래?”

한 친구의 말에 주찬이 고개를 들었다.

“어디 말이야?”

“홍대.”

“홍대 거기는 왜?”

“가보면 알아, 자식아. 쏠 실탄은 있어?”

“어느 정도 드는데?”

서울을 대표하는 유흥 지대인 홍대란 말에 지레 겁부터 먹
은 주찬이다. 그러자 친구가 어깨를 툭 쳤다.

“걱정하지 마. 두당 만오천 원씩만 내면 마음껏 흔들 수 있
는 데가 있어.”

만오천 원, 해봐야 모두 6만 원이다. 그 정도면 능히 감당할
생각이 있었기에 주찬은 고개를 끄덕였다.

“좋아, 가보자고.”

“이 마지막 잔은 비우고 출발하자.”

“오늘 홍대에서 뻐드러지게 노는 거야.”

“지화자!”

마지막 술잔을 비우자 친구가 말했다.

“야, 근데 6만 원으로 끝나는 게 아니야.”

“그게 무슨 말이야? 또 추가되는 게 있어?”

“그럼, 나중에 돈이 필요하면 얘기할게.”

으레 그렇단 듯이 말하는 친구 말에 주찬은 고개를 끄덕였

다. 평소 얻어먹었던 가락이 있어서 한 번쯤은 신세를 갚고 싶
은 마음이 있었다. 그게 오늘이라면 기꺼이 쏠 생각이었다.

"오늘 주찬이가 물주야."

"살다 보니 이런 날도 있네."

의기양양한 친구들과 함께 홍대 앞으로 택시를 타고 간 주
찬이다.

내리자마자 바로 친구들은 늘 왔던 익숙한 길처럼 걸어가고
있었다.

주찬이 갸우뚱하며 물었다.

"여기 많이 와봤냐?"

"한두 달에 한 번쯤은 와봤지."

역시 대학 생활 자체가 자신과 달랐다. 자신은 늘 시간에 쪼
들려 살았지만 친구들은 그나마 여유가 있었다.

"인생 참 더럽게 불공평해."

"그럼 공평한 줄 알았냐?"

친구들이 빙글빙글 웃었다. 그들이 간 곳은 엔비라는 곳이
었다.

"여기는 어떤 데냐?"

쿵쾅쿵쾅.

밖에서도 음악 소리가 요란하게 들리자 주찬이 고개를 갸웃
거렸다.

"뭐하기는, 인마. 춤추는 데지. 최신식 나이트클럽이라고
생각하면 돼. 들어가기 전에 주의 사항이 있어. 형들 말 잘 들

어라.”

건물 옆으로 주찬을 데려간 친구가 말했다.

“여기가 홍대에서 부비부비 클럽이라는 덴데 말이야, 들어가면……”

차곡차곡 설명해 준 친구의 말을 귀담아듣는 주찬이다.

‘이런 데도 있었나?’

친구들의 말을 들으면서도 영 믿기지 않을 정도였다. 하지만 바로 들어가 보면 알 일이기에 일단 지켜보기로 했다.

“가자.”

친구들이 앞장서자 주찬은 서슴없이 들어갔다.

입장료를 내고 들어서자 바로 요란한 사이키 조명이 공간을 가득 메우고 있었다.

거기에는 백여 명도 훨씬 넘어 보인 남녀들이 춤을 추느라 옆 사람도 돌아보지 않았다.

“별 세상이네.”

중얼거리는 주찬에게 친구가 머리를 탁 쳤다.

“자식아, 촌티 내지 말고 다녀.”

주찬의 말을 미처 못 들은 모양이다. 하긴 이런 시끄런 음악 소리에서 듣는다면 그건 사람의 귀가 아니리라.

주찬은 친구들을 따라 바로 스테이지로 몸을 옮겼다. 친구가 옆에 바짝 다가서며 귓속말을 했다.

“내가 얘기해 준 거 있지? 그대로 하면 돼. 자, 형들 간다.”

“같이 있는 거 아니야?”

"여기는 각자 플레이야, 인마."

씩 웃으며 사라져 버리는 친구였다. 잠깐 스테이지에서 떨어져서 바라보니 친구들 말 그대로였다.

여자들이 춤을 추고 있으면 뒤에서 남자가 엉덩이에 몸을 붙이고 같이 춤을 추는 모습이었다.

퇴폐적인 자세.

보기 민망할 정도였다.

'저게 부비부비 춤이야?'

주찬이 시선 돌릴 곳을 찾지 못해 두리번거렸다. 그런데 저쪽 한쪽 벽에서 춤 연습하는 남자들이 여러 명 보였다. 그런데 스테이지에 있는 남자들과 춤이 격이 달랐다.

주찬이 봐도 춤에 투자깨나 한 남자들이다.

'잘 추는데?'

바로 그쪽으로 자리를 옮겨 춤추는 스텝을 슬쩍슬쩍 몸으로 흉내 내 본 주찬이었다.

전이라면 엄두가 나지 않았지만 지금은 보고 따라 하자 비슷한 동작이 나올 정도였다.

'이야, 춤꾼 해도 되겠어.'

빙글거리던 주찬이 스테이지를 노려봤다.

'하면 싸늘했던 마음이 가라앉으려나?'

갈수록 감정보다 이성이 앞선 마음을 조금은 따뜻하게 데워 보고 싶은 마음이다.

그 마음으로 주찬이 주위 훑어보다 혼자 추고 있는 여자 한 명에게 시선이 꽂혔다.

'응? 괜찮아 보이는데? 일행이 없나?'

잠시 지켜보던 중 한 남자가 그 뒤에서 춤을 추자 여자가 귀찮단 듯이 터치하며 자리를 옮겨 버리는 것이 아닌가.

'도도한 여자군. 저 정도는 돼야 해볼 만하겠지?'

왠지 도전 의식이 돋는 주찬이었다. 주찬은 바로 그 여자 뒤로 돌아가 호흡을 맞추며 춤을 추기 시작했다.

훔쳐보고 익힌 춤을 따라 하다 보니 몸이 유연하게 움직이기 시작했다.

'잘되네.'

등 뒤에 몸을 붙이고 천천히 움직이는 주찬. 여자가 뒤를 힐끗 보곤 아무 표정 없이 앞을 바라보고 춤추기에 열중하고 있었다.

긴 파마머리에 눈에 확 띄는 얼굴이다.

"미인이네."

주찬은 차마 어깨에 손을 잡기가 애매해서 손등으로 슬쩍 훑어 내렸다. 그러자 여자가 움찔하더니만 가만히 있는 것이 아닌가?

'어, 이거 봐라?'

주찬은 바로 손을 내려 허리 쪽으로 다가섰다. 물론 손등으로 가볍게 터치하는 순간이다.

엉뚱한 일이 벌어졌다. 여자가 더 이상 반항 없이 그냥 그대로 안겨오는 것이 아닌가?

‘이 동네, 원래 이런가?’

주춤한 사이 외려 엉덩이가 탁 붙는 느낌이다. 주찬이 뜨끔해서 피하려다 친구의 충고를 듣고 과감하게 마주쳐 갔다.

그러자 주찬도 남자인 모양이다.

바로 몸에서 반응하기 시작했다. 민망해서 뒤로 빼려 했으나 마음이 시키는 대로 맡기기로 했다.

‘니 맘대로 하세요.’

여자가 도망가도 상관없단 느낌이다.

이질적인 느낌에 여자가 움찔할 만도 하건만 여자는 뒤도 안 돌아보고 춤에 열중하고 있었다.

어느덧 손등이 아니라 과감하게 손바닥으로 여자 허리를 잡고 춤추는 주찬이었다.

여자도 주찬의 춤 솜씨가 마음에 드는 듯 연신 격을 맞추고 있었다.

자세히 보니 여자의 춤 솜씨도 만만치 않은 것은 한눈에 들어올 정도였다.

점점 자신감이 들자 주찬은 바로 친구들에게 들었던 멘트를 그대로 여자 귀에 대고 말했다.

“이 험한 곳에 혼자 오셨습니까?”

그저 씩 웃던 여자가 더 이상 아무 말이 없었다. 주찬은 들었던 대로 휴대폰을 앞으로 쭉 내밀었다.

그러자 여자가 가만히 바라보더니만 휴대폰에 번호를 찍어 주는 것이 아닌가? 주찬은 바로 그 자리에서 그 번호로 문자를 보내봤다.

바운스 좀 되시네요.

그러자 여자가 바로 휴대폰을 꺼내 들고 답장을 보냈다.

그쪽도요.

친구들의 설명에 따르면 이 정도면 다 된 밥이었다. 주찬은 순간 망설였지만 한 가지만 생각했다.
 '서로 좋은 일 아니겠어?
가볍게 생각하기로 했다.
어차피 개방사회 아닌가.
주찬은 바로 휴대폰으로 문자를 보냈다.

밖에서 봐요. 입구에서 기다릴게요.

간단한 글자였다. 그리고 미련없이 밖으로 나선 주찬이다.
그러자 친구 세 명이 붙잡았다.
 "야, 그냥 가면 어떻게 해."
주찬은 오만 원 권 몇 장을 건네줬다.
 "이거면 되냐?"
 "오케이. 내일 보자."

친구들이 즐거운 표정으로 들어가 버렸다. 다시 밖으로 나
간 주찬이 채 3분이나 기다렸을까?

낯익은 얼굴이 또각또각 하이힐 소리를 내며 나오고 있었
다.

주찬은 나오는 여자의 어깨를 슬쩍 감싸 안으며 말했다.

"갈까?"

말없이 고개만 끄덕이는 여자였다. 둘은 근처에 있는 서교
호텔로 향했다.

'이게 유흥 세계인가?'

묘한 감흥이 온몸에서 일었다.

"씻을게요."

체크인을 마치고 객실에 들어서자 여자가 먼저 샤워실로 들
어가 버렸다.

오늘 마치 별세계로 온 기분이다. 생전 처음 본 여자와 호텔
에 왔다.

전이라면 상상조차 하기 힘든 일이다.

'이런 게 세상이었나?'

말로만 들었지만 이 정도일 줄은 몰랐다. 주찬은 가슴이 가
볍게 진동함을 느꼈다.

'어? 이거 봐라?'

싸늘하게 식었던 심장이 재차 뛰는 느낌, 기분부터가 달라
졌다. 뭔가 생기가 돌고 감정 선이 자극되는 느낌이었다.

이것 하나로 충분히 만족했다.

'잘 왔네.'

미소 지을 무렵, 여자가 샤워를 하고 나자 거침없이 바로 침대 속으로 쏙 들어가며 주찬에게 말했다.

"안 해요?"

"당연히 해야지요."

주찬은 씩 웃으며 샤워를 가볍게 한 후 가운으로 몸을 두른 채 침대로 향했다. 여자가 그제야 부끄러운 듯 작은 목소리로 부탁했다.

"불 좀 꺼주세요."

바로 리모컨으로 불을 끄고 주찬은 익숙한 동작으로 여자를 끌어안았다.

어둠에 비친 실루엣.

다시 봐도 길에서 흔히 보기 힘든 미모가 돋보였다. 이런 미인이 옆에 누워 있단 건 야릇한 흥분을 동반했다.

'촌티 내지 말자.'

그 마음이 들자마자 거침없이 여자를 끌어안는 순간 주찬은 묘한 감정을 느꼈다.

왠지 여자의 흥분된 자극 선이 고스란히 자신에게 전달되는 기분이다.

'이건 또 뭐지?'

알면서 안 하는 것도 바보다.

천천히 움직이며 여자가 가장 좋아하는 곳을 집중 공략했다. 그러자 여자의 눈이 휙 돌아가며 탄성이 들렸다.

"아!"

'이거였구나.'

주찬은 자신도 모르게 조금씩 심장이 뜨거워짐을 느꼈다.

그때부터 거침없이 질주했다.

여자란 광야를 한없이 달리는 기분.

그야말로 젊음이 준 축복이나 다름없다.

그렇게 얼마나 했을까?

마침내 떨어진 두 사람.

"대단해요."

단내가 물씬 난 여자의 음성엔 만족감이 그득하다.

"기본이죠."

"짐승."

가볍게 흘겼다.

불을 껐다고 하나 이미 눈은 어둠에 익어 여자 얼굴이 환히 보였다.

주찬이 다시 재충전하는 데 그리 오랜 시간이 걸리지 않았다.

"시작할까요?"

"어머."

비명을 질렀으나 여자는 싫지 않은 듯 밤새도록 주찬의 횡포(?)를 묵묵히 견뎌줬다. 아침이 돼서야 피곤에 절어 주찬이 잠들었다..

“어!”

눈을 뜨자 벌써 창밖으로 따사로운 햇살이 비추고 있었다. 반사적으로 옆을 돌아보자 텅 빈 베개만 덩그러니 놓여 있을 뿐이다.

“갔군.”

주찬은 느긋하게 일어나 샤워를 마친 후 막 나서려다가 화장대 위에 놓인 쪽지 한 장을 봤다.

꼭 연락해요.

가만히 바라보던 주찬이 메모지를 힘껏 움켜잡았다.

와락.

단숨에 구겨 휴지통으로 휙 집어 던지고 나섰다.

더 이상 만나고픈 생각?

현재로선 전혀 없었다.

한 번이면 충분한 경험이다.

호텔 정문을 나서 지하철을 타기 전 휴대폰을 꺼내 번호 하나를 골라 그대로 삭제를 눌렀다.

하룻밤은 하룻밤일 뿐 더 이상 의미를 두고 싶지 않았다.

지하철을 타고 가며 조용히 생각해 봤다. 어제보다는 한결 부드러워진 마음이다.

‘잘하는 짓인가?’

　스스로 정답을 내리기 애매했다. 어차피 자신이 아니더라도 어제 여자는 다른 남자와 무슨 짓을 했을지 아무도 몰랐다. 결국 자신이 끼어들어서 상대만 바뀌었을 뿐이다.

　‘이러다가 바람둥이 되는 거 아냐?’

　묘한 기분이다.

　당장은 어떻게 정의 내릴 수 없었지만 주찬은 흠칫했다. 이런저런 생각을 하다 보니 왠지 이성적인 판단이 흐려지는 기분이다.

　‘한 번 경험했으면 됐어. 나랑 맞는 곳이 아니야.’

　간단하게 생각을 정리했다.

　이후 주찬은 오로지 학원 강의에 치중했다. 짭짤한 수입이 보장되기에 전력투구할 가치가 충분했다.

　성의있는 강의.

　그리고 실력이 합쳐지자 소문은 금방 퍼지게 마련이다. 강의를 마치고 주찬이 집으로 가려는데 앞에서 고등학생 여러 명이 떠들며 길을 걸었다.

　“이주찬 강사 강의 좋다며?”

　“들을 만해.”

　심드렁한 말투.

　이 정도면 최상의 칭찬이기에 주찬은 만족했다.

　정신없이 지내다 보니 어느덧 3월이 됐다.

‘개강이네.’

드디어 대학 4학년이 기다리고 있다. 벌써 등록금을 한 번에 깔끔하게 납부했기에 마음이 편했다.

모처럼 학교 정문을 지나려니 감회가 새로웠다.

‘후후. 전엔 빠듯했는데.’

돈에 쫓겨 대학 생활의 낭만을 즐기지 못한 아쉬움이 컸으나 고개를 흔들었다.

살면서 그럴 수도 있지.

이리 회상할 수 있단 것만으로도 행복했다.

“주찬아.”

누가 이름을 부르자 뒤돌아봤다. 거기엔 과 친구 김진수가 손을 흔들며 반갑게 다가오는 얼굴이 보였다.

입학부터 쭉 함께했던 친구다.

“자식.”

서로 악수한 후 김진수가 물었다.

“충격 먹었다며?”

“뭔 소리야?”

“장학생 말이야.”

“다른 학우를 위해 넓은 아량으로 양보했지.”

“자식.”

허물없는 농담이 오갈 때 김진수가 시계를 보더니 발걸음을 빨리 했다.

“강의 시간이라 먼저 간다. 다음에 보자.”

“그래, 술 한잔하자고.”

김진수와 헤어진 주찬은 문득 시장기를 느꼈다.

주찬이 오랜만에 학교 식당으로 발을 향하고 있었다.

‘먹어야 살지.’

학교 밖으로 나가는 것이 귀찮았다. 간단하게 한 끼 때우고 그다음 강의를 들을 생각이었다.

식당에 들어서자 학생들이 우글거리는 모습이 보였다. 식권 판매대 여직원에게 가 학생들이 즐겨 먹는 일반 점심 메뉴를 시켰다.

돈이 없는 게 아니라 특별히 튀고 싶은 마음이 없었던 탓이다.

식판을 받아 들고 식탁에 가서 젓가락을 드는 순간 아직 어린 여자의 목소리가 들렸다.

“선배님.”

‘응?’

놀라 바라보니 여학생 한 명이 식판을 들고 방글거리고 있었다.

“누구시죠?”

“예, 이번에 입학한 신입생이에요. 이주찬 선배님 맞죠?”

“맞는데요?”

“안녕하세요. 1학년 김선미예요.”

“그래, 반가워요.”

“같이 식사해도 되죠?”

애교까지 떠는 모습에 주찬은 순간 멍해진 기분이었다.

'요새 애들이란.'

자신 때와 너무나 다른 모습이지만 그리 나쁘게 보이지는 않았다.

"그래, 같이 먹어요."

"고마워요."

"고맙긴요. 내가 사주는 밥도 아닌데."

빙그레 웃는 주찬이었다. 앞에 앉은 김선미는 바로 젓가락을 들고 주찬에게 말했다.

"오늘은 반찬이 잘 나온 거 같아요."

"그게… 오랜만에 먹어봐서……."

멋쩍은 미소를 보내던 주찬이 김선미를 쳐다봤다. 동글동글한 얼굴에 아직은 소녀티가 물씬 남아 있는 모습이다.

'그래, 이제 고등학생에서 갓 대학생이 됐으니 어련하겠어?'

마치 파릇파릇한 어린 병아리를 보는 기분이다.

그렇게 식사가 시작됐다. 김선미가 기다렸단 듯 좋알거렸다.

"선배님, 대단하시던데요?"

"무슨 얘기예요?"

"선배님, 학원 강사 하시죠?"

"그걸 어떻게 알았어요?"

주찬이 깜짝 놀랐다.

"제 동생이 강사 이야기를 하는데 가만히 들어보니까 선배님 얘기 같더라고요."

"날 어떻게 알아요?"

"잘 알죠. 학교 다닐 때 학과 사무실에서 몇 번 뵌 적이 있거든요."

"아, 그래요?"

뭐 그럴 수도 있다는 생각이 들었다. 그렇게 식사하던 주찬이 마치 얼어붙은 듯 입으로 가던 숟가락을 멈춘 채 김선미를 바라봤다.

'저건!'

갑자기 하얀 오로라가 피어나는 것이 아닌가?

징!

가슴이 울리는 기분이다.

"왜… 왜 그러세요?"

놀란 김선미가 묻자 주찬이 얼른 얼버무렸다.

"아, 아무것도 아니에요."

말까지 허투루 나올 지경이었다.

주찬은 그때부터 밥이 코로 들어가는지 귀로 들어가는지도 모르고 김선미만 열심히 살펴봤다.

물론 정면으로 뚜렷하게 살펴보면 오해받기 좋은 일이라 흘낏 보느라 죽을 지경이었다.

'이건 뭐 내가 뭐하자는 건지…….'

투덜거렸지만 잠시도 방심할 수 없는 순간이었다. 마침내 식사를 다 마친 김선미가 자리에서 일어섰다.

"선배님, 커피 한 잔 사주세요."

"당연히 사주지. 학교 커피가 100원밖에 안 하잖아."

"호호호."

발랄하게 웃는 김선미가 식사 후 자리에서 일어난 순간이
다.

"어머!"

미끈하며 넘어지는 김선미가 두 팔을 허공에 젓고 있었다.

반사적으로 식탁을 건너뛴 주찬이 김선미의 몸을 옆으로 탁
밀고 자신이 미끄러졌다.

쾅!

만만치 않은 덩치의 주찬인지라 소리가 크게 들렸다. 모든
학생들의 시선이 이쪽으로 집중되는 모습이었으나 그런 건 신
경 쓸 겨를이 없었다.

벌떡 일어난 주찬이 김선미에게 물었다.

"괜찮아?"

"괜찮아요. 정말 죄송해요."

이미 식판은 바닥에 떨어져 남은 반찬이 사방에 흩어져 있
었다.

"그럼 다행이네."

주찬이 한숨을 내쉬는 순간 김선미가 소리쳤다.

"어머! 선배님! 피!"

"피?"

바라보니 왼쪽 어깨에서 피가 주르륵 흘러내리고 있었다.

"이거 웬 피야?"

밑을 바라보던 주찬이 깜짝 놀랐다. 거기에는 포크가 어깨에 꽂혀 있는 것이 아닌가?

"선배님, 어서……."

바로 놀란 김선미가 주찬을 데리고 허둥지둥 식당 밖으로 나가기 시작했다.

"괜찮은데……."

담담하게 말했지만 주찬도 혼이 나갈 지경이었다.

'포크에 찔려 죽을 뻔한 건가?'

충분히 그럴 가능성이 있었다. 떨어지는 충격에 재수없게 포크에 급소라도 찔린다면 현장에서 즉사였다.

그 순간이었다.

퍽!

갑자기 밀려드는 오로라가 주찬의 온몸을 강타했다.

부르르.

잠시 몸을 떠는 주찬이었다. 마치 가슴속이 시원해지고 온몸에 화한 기운이 퍼지는 기분이었다.

"왜 그러세요? 아프세요?"

"아니야. 순간적으로 몸이 좀 이상해서."

주찬이 서둘러 의무실로 발을 먼저 옮겼다. 간단한 치료를 마친 후 다시 나온 두 사람이었다.

"다행이에요, 선배님. 크게 다치지 않았다니까요."

“그러게.”

“정말 미안해요. 저 때문에……. 제가 하마터면 포크에 찔릴 뻔했네요.”

미안한 듯 고개를 숙이는 김선미였다.

‘야, 너 오늘 죽을 뻔했던 거 아냐?’

물론 겉으로는 말할 수 없어 속으로만 중얼거린 주찬이었다. 그러나 기분은 상쾌했다. 한 사람을 구하고 또 한 번의 인연을 얻었다는 거.

이건 어차피 서로 좋은 일이었다. 주찬은 바로 김선미에게 말했다.

“강의 시간이 돼서 올라가 봐야겠어.”

“선배님, 나중에 꼭 제가 식사 한번 대접할게요.”

“식사는 왜?”

“저를 구해주셨잖아요.”

“다음에 내가 사줄게.”

빙긋 미소 지으며 얼른 강의실 쪽으로 발길을 옮기는 주찬이었다. 점점 더 발걸음이 활기차지는 것이 느껴졌다.

‘음, 또 한 번 벌어진 건가?’

이제는 어느 정도 만성이 돼 발걸음도 가볍게 서둘러 강의실로 움직였다.

따라라.

휴대폰이 울자 원장 번호임을 알고 얼른 받아 든 주찬이었다.

"원장님, 무슨 일이세요?"

"지금 학원으로 당장 와주시겠어요?"

흥분된 목소리였다.

"큰일이 벌어졌나요?"

"좋은 일이에요. 금방 오실 수 있죠?"

다그치는 목소리에 궁금증이 돋은 주찬이 택시를 집어타고 학원으로 향했다.

학원 현관을 걸어 들어가기도 전에 바로 전태진 원장이 뛰쳐나왔다.

"이주찬 선생, 이쪽으로 와주세요."

목소리마저 떨리는 전태진 원장이었다. 도무지 무슨 영문인지 알지 못하는 주찬이 얼떨결에 원장실로 끌려 올라갔다.

"이주찬 선생, 대박이 터졌어요."

"대박이 터지다니요?"

"이주찬 선생님 반 아이들의 중간고사 수학 성적이 부쩍 치솟았어요."

"그래요? 좋은 일이네요."

심드렁한 주찬의 말과 달리 전태진 원장의 잔뜩 흥분한 목소리가 이어졌다.

"그래서 지금 학부모들과 학생들이 몰려와 지금 3학년 수학을 맡아달라는데 가능하시겠어요?"

"뭐 어려울 건 없습니다만, 3학년 수학은 아무래도 좀 어렵다 보니……."

슬쩍 말꼬리를 흘리는 주찬에게 전태진 원장이 달려들다시피 말했다.

"3학년 과정은 일단 강의료가 비쌉니다. 그리고 지금 수강생들이 밀려오고 있어요."

"어느 정도인데요?"

"전에 이주찬 선생님 반이 서른 명이었죠?"

"예, 그랬는데요. 한 50명으로 늘었습니까?"

"50명이 뭡니까? 지금 100명이 넘게 몰려왔어요."

"100명이요?"

놀란 주찬은 새삼 입소문이 무섭단 생각이 들었다.

고작 오 개월여 강의 만에 이룬 성과였다.

주찬은 몰랐지만 그만의 수업 방식은 학원가에서 최초라 해도 과언이 아닐 정도로 커다란 센세이션을 일으켰다.

전태진 원장이 잔뜩 흥분해 말했다.

"그래서 하는 말인데, 선생님 수업을 아무래도 세 타임으로 나눠야 될 거 같은데요?"

흥분을 가라앉힌 주찬이 냉정하게 생각했다.

세 타임.

그렇다면 시간이 부족하다.

'할 일이 많은데…….'

곰곰이 생각하던 주찬이 슬쩍 물었다.

"학생들을 한 강의실로 몰면 안 될까요?"

"아시다시피 우리 강의실이 좀 작아서……."

　머리를 긁적거리는 전태진 원장이었다. 백 명을 수용할 수 있는 강의실이란 초대형 학원 외엔 없었다. 서울 변두리에서 운영하는 입시학원으로선 불가능한 공간이다.

　그 점을 고려한 주찬이 제안했다.

　"강의실을 트면 안 될까요?"

　"터도 아무래도 좀……."

　가만히 생각하던 주찬이 방법을 생각해 냈다.

　"다른 쪽에 강의실을 좀 빌리면 안 될까요?"

　"강의실을 빌리다니요?"

　"일반 건물 하나를 임대해서 쓰면 될 거 같은데요?"

　주찬의 제안에 잠시 생각하던 전태진 원장이 무릎을 탁 쳤다.

　"까짓것, 해봅시다."

　역시 호탕한 성격 그대로였다.

　"그럼 강의료는 어떻게 되나요?"

　"강의실을 빌리다 보니까 아무래도 좀 이주찬 선생님한테 갈 돈이 줄어들 텐데요?"

　조금 미안한 표정으로 변한 전태진 원장이나 주찬은 개의치 않았다.

　"100명을 기준으로 하면 어떻게 될까요?"

　"원칙적으로는 한 사백을 드려야 되는데… 3백만 원 정도입니다."

　나쁜 조건은 아니었다.

'주당 여덟 시간 강의하고 2백만 원이면……'
곰곰이 생각하던 주찬이 고개를 끄덕였다.
"그렇게 하도록 하세요."
"그럼 강의실을 알아보도록 할까요?"
"예, 그러세요."
자신있게 대답한 주찬이다.

그런데 슬슬 이름이 나자 생각지 못한 다른 일도 벌어졌다.
"이주찬 선생님 되십니까?"
강의를 마치고 집으로 돌아가던 주찬에게 감청색 양복을 입은 근사한 중년인 한 명이 앞을 가로막았다.
"그렇습니다만 누구시죠?"
"잠깐 저와 차 한잔하시겠습니까?"
"아니, 초면이신 거 같은데 무슨 일로 이렇게 찾아오셨는지요?"
주찬이 영 의아스러운 시선으로 쳐다보자 남자가 명함을 건넸다.
대성학원장 피연철.
'대성학원?'
서울에서도 알아주는 학원이었다. 아니, 전국적으로 입시 명문 학원으로 소문이 쟁쟁한 곳이다.
약간 의아해진 주찬이 물었다.
"아니… 어쩐 일로……?"

“일단 갑시다.”

거의 끌다시피 주찬과 함께 간 곳엔 최고급 외제차인 BMW 한 대가 떡 하니 서 있었다.

“타시죠.”

생전 처음 고급 외제차에 앉자마자 피연철이 바로 앞에 있는 운전기사에게 말했다.

“출발해.”

“예, 원장님.”

차가 가는 동안 피연철 원장이 천천히 말했다.

“강의를 잘한다는 소문을 듣고 찾아왔습니다.”

“그러시군요.”

고개를 끄덕이는 주찬이 속으로 쾌재를 불렀다.

‘이게 스카우트인가?’

대성학원 원장이 심심해서 자기를 찾아왔을 리는 없다. 그렇다면 자신의 실력을 보고 스카우트하려는 게 분명하다. 변두리 학원보다 큰 학원 강사가 수입이 낮다는 건 삼척동자도 아는 일이다.

주찬의 어깨가 절로 으쓱했다.

“허허, 그래서 결례를 했습니다.”

“오히려 영광입니다.”

“그리 생각해 주시면 고맙지요.”

조금은 신중한 표정인 피연철이었다. 이 후 두 사람은 바로 침묵을 지켰다.

30여 분 후 차에서 내려 서울 중심가에 있는 근사한 커피숍에 들어선 두 사람이다.

피연철이 조용히 권했다.

"차는 녹차가 좋습니다."

"편하신 대로요."

녹차 한 잔을 시켜놓고 피연철이 입을 열었다.

"실력이 대단하신데 특별히 비법이라도 있으신가 봅니다?"

"원래 제가 체질적으로 강의를 잘합니다. 그걸 뒤늦게 발견했을 뿐이지요."

이 대목에선 겸손은 독이다.

오래지 않은 경험으로 자신감있게 나간 주찬을 보고 피연철이 물었다.

"그래요. 혹시 학교는 어디 나오셨는지?"

"아직 졸업은 안 하고 시립대학교 4학년입니다."

"시립대학교요?"

약간 실망하는 기색이었으나 곧 표정을 고치고 피연철이 말했다.

"그런 건 상관없습니다. 어차피 학력이야 위조하면 그만이거든요."

"학력 위조라니요?"

"선생님은 잘 모르시겠지만 우리 학원은 원래 SKY대를 가는 목적인 애들만 학원 수강을 하고 있습니다. 그런 애들에게 서울시립대라면 좀 문제가 되지 않을까요?"

순간 욱하는 마음이 든 주찬이었다.

나름 열심히 공부해서 들어간 대학교다. 그 대학교를 깎아뭉개는 모습에 왠지 기분이 상했다. 하지만 겉으로 그걸 표현할 만큼 어리석지는 않았다.

오히려 빙글빙글 웃으며 말했다.

"제가 학교까지 위조하고 싶은 마음은 없는데요? 솔직히 저를 아는 사람도 많고요."

"그런 건 아무 문제가 되지 않는다고 하지 않았습니까."

"꼭 학력 위조를 해야만 대성학원 강사가 될 수 있을까요?"

"그건 어쩔 수 없습니다."

단호하게 얘기하는 피연철이다. 주찬은 녹차 한 모금을 마시고 말했다.

"그렇다면 곤란하겠군요."

"과정이야 어쨌든 일단 우리 학원에 들어오면 고수익이 보장됩니다."

달콤한 유혹이었으나 주찬은 내키지 않았다.

"압니다만 제 양심을 속이면서까지 그런 짓을 하고 싶지는 않습니다. 솔직히 지금 수입도 만족하거든요."

"하, 참."

영 아쉬운 표정인 피연철이었다.

사실 피연철의 입장도 이해할 만했다.

SKY대학 학벌이 아니라면 최우등 학생들한테 전혀 먹혀들지 않았다.

실력을 떠나 타 대학 출신이 아무리 열심히 열강을 해봐야 학생들이 영 못 미더워하는 것은 사실이었다.

그걸 잘 알기에 피연철도 뭔가 떨떠름한 표정이었다. 하지만 명강의 실력을 가진 주찬을 놓치기에는 왠지 아쉬운 표정이었다.

주찬도 이런 좋은 기회를 차버리는 것이 영 서운했지만 그래도 자존심은 지키고 싶었다.

"원장님, 제가 한 말씀만 드려도 되겠습니까?"

"말씀해 보시지요."

조금 맥이 빠진 대답이었다.

"제가 대학원을 SKY로 간다면 얘기가 될까요?"

"그렇다면 얼마든지 가능하죠. 대학원을 가십시오. 합격만 한다면 제가 대학원비를 지원해 드리도록 하죠."

"아닙니다. 제 힘으로 가도록 하죠. 그러고 나서 원장님을 찾아뵙도록 하겠습니다. 이 명함의 전화번호로 하면 되는 거죠?"

"그렇게 하시면 됩니다."

"자, 그럼 1년… 이제 1년도 안 남았군요. 몇 개월 후에 뵙겠습니다."

"그래요. 꼭 합격해서 오시기 바랍니다. 선생님 강의야 원래 정평이 나 있으니까. 허허."

그제야 조금 안도하는 표정이었다. 주찬은 자신감을 담아 강하게 나갔다.

“걱정하지 마십시오. 꼭 합격할 겁니다.”

“부디 좋은 결과가 있으시길.”

이후 가벼운 덕담과 사는 이야기로 일관한 두 사람이 헤어질 시간이었다.

“자, 그럼 이만.”

피연철이 차에 오르며 인사하자 주찬이 가볍게 대답했다.

“좋은 시간이었습니다.”

그렇게 두 사람은 좋게 헤어졌다.

Chapter 06

서로좋은일

1월 0일

집으로 돌아간 주찬은 뭔가 씁쓸한 표정이었다.

"대학원이라……."

생각해 본 적은 없지만 이제는 가야 되겠단 생각이 들었다. 불현듯 전에 송영철 교수가 한 말이 기억났다.

이 실력이라면 대학에서 멈추긴 뭔가 억울했다.

더 배워 큰일을 하고팠다.

더구나 이과 쪽이라면 어떤 과를 선택해도 충분히 해낼 자신감이 충만했다. 거기다 포항에서 본 입자가속기 생각이 났다.

그런 곳에서 자신도 일하고픈 충동이 강하게 일어나자 제어하기도 힘들었다.

"좋다, 대학원 가자."
결정을 내리고 곧바로 시험 과목을 검색했다.
"기왕이면 서울대학원이야."
차분히 알아보니 전공과목은 아무런 문제가 없었지만 문제는 영어였다.
'이건 안 되는데…….'
영어 실력, 그다지 나쁜 편은 아니었지만 적어도 서울대학원을 가기에는 조금 무리가 있었다.
전에 경험했듯이 뇌 기능이 오로지 이공 쪽으로만 발달했다. 문학 등 인문 분야에선 거의 소용없는 일이다.
그렇다고 불공평하다고 투덜대긴 그랬다.
"할 수 없지. 공부를 또 해야지."
간단히 결정을 내린 주찬이었다. 주찬은 바로 인터넷에서 찾아 가장 평이 좋은 영어 학원 두 개를 찾아냈다.
"둘 중 하나를 가는 거야."
그렇게 생각하니 왠지 마음이 뿌듯해졌다.
"주찬아, 이젠 대학원을 가서 멋지게 인생을 꾸려보자."
주먹이 불끈 쥐어지는 순간이다.

다음날 아침 일어나자마자 바로 알아본 학원으로 달려간 주찬이었다. 꼼꼼히 여러모로 따져 보고 그나마 나아 보이는 학원에 등록했다.
"학원 강사가 학원에 다닌다? 푸하하!"

웃기는 현실에 빙글빙글 웃음이 나왔다. 좀 더 바쁜 나날을 가볍게 각오했으나 큰 오산이었다.

결정은 쉬웠지만 실천은 죽음이었다.

"죽겠군."

예상을 뛰어넘어 쉽지 않은 스케줄이었다. 학점 따면서 학원에서 수학 강의를 하랴, 대학원 영어 공부하랴 정신없이 불꽃 튀는 하루하루가 지속됐다.

"도대체 한국사람이 한국어만 잘하면 되지, 영어는 왜 배워?"

이공 과목과 달리 영어는 그야말로 인내와 끈기의 싸움이었다.

그나마 다행인 건 강철 같은 체력이었다. 3일 밤을 새워도 끄떡없는 체력. 오죽하면 눈도 충혈되지 않았다.

영어란 나무를 도끼로 찍고 또 찍었다.

파고 또 파고, 그야말로 인내의 싸움이었다. 시간이 흐르자 조금씩 영어는 그 두꺼운 껍질을 깨고 주찬에게 단 열매를 안겨주었다.

"해볼 만해."

처음이 어렵지 조금씩은 풀어져 나가는 기분이었다.

대신 학원에 가면 시달렸다. 전태진 원장은 틈만 나면 주찬에게 매달렸다.

"수업 하나만 더 맡아주지."

"제가 시간이 없어요. 졸업반 아닙니까."

"그거참."

영 아쉬운 표정이었다. 그 마음을 이해 못하는 건 아니다. 강의 하나를 더 맡으면 전태진 원장에게 몇백이 떨어지는 것은 그야말로 누워서 떡 먹기였다.

자신도 돈을 더 벌어서 좋지만 일단 중요한 건 현실이었다. 일단 대학원 진학이 먼저였다.

"좀 더 나은 미래를 위해서는 참아야지."

자신이라고 왜 눈앞에 있는 돈을 마다하고 싶을까?

하지만 더 큰돈을 위해서 꾹 참았다. 서서히 대학 생활도 뭔가 바뀌기 시작했다. 오죽하면 같은 학번 친구들이 틈만 나면 투덜거렸다.

"야 주찬아, 너 요즘 연애하냐? 술자리도 다 피하고."

"미안해. 내가 주말에는 마실 수 있어."

"주말에는 확실해? 너 도대체 뭐 하고 지내는 거냐?"

"어. 학원 강사 해."

솔직히 털어놓는 주찬의 말에 눈이 둥그레진 학우들이었다.

"학원 강사? 무슨 학원 강사?"

"수학."

"수학? 돈 좀 되냐?"

"조금 돼."

"그래? 그럼 술 한잔 살 수 있겠네."

"주말에는 산다니까."

“너 벗겨먹기 위해서 주말에 시간을 빼주지.”

학우들의 아우성이었다.

“편한 대로.”

여유로운 주찬의 대답이었다.

스쳐 가는 말인 줄 알았지만 아니었다. 주말이 되자 기다렸
단 듯 주찬의 휴대폰이 비명을 질렀다.

“야! 주말인데 어디서 만날 거야?”

“그래? 좋은 데 알아?”

“술맛이 좋은 데가 한두 군데냐? 먼저 학교 앞으로 올래?”

“좋아, 학교 앞에서 마시자.”

주찬은 바로 옷을 챙겨 입고 학교 앞으로 갔다. 가는 순간
주찬은 눈이 훅 튀어나올 뻔 했다. 거기엔 무려 열 명이 넘는
동기들이 옹기종기 모여앉아 있었다.

‘자식들이 완전히 벗겨먹으려고 작정했군.’

내심 어이가 없었지만 약속은 약속이기에 당당히 걸었다.
그나마 대학가라 술값이 싸단 걸 위안 삼았다.

과 친구들이 주찬을 보자 손을 흔들었다.

“어이, 주찬아! 드디어 물주가 나타났네.”

벌써 술판은 벌어지고 있었다. 상 위엔 소주병과 안주 몇 접
시가 거하게 놓여 있었다. 주찬은 자리에 슬며시 앉으며 빙그
레 웃었다.

“아주 벗겨먹으려고 작정을 했구나.”

“돈 좀 번다며?”

“좋아, 한번 사지.”

“야, 천하의 짠돌이 주찬이가 변했어요.”

친구들이 농담을 던졌지만 듣기 나쁘지 않았다. 항상 술값을 낼 때 망설였던 주찬이 지금은 다른 모습이다.

“마음껏 먹어라.”

당당한 말투. 학교 앞 술집이 나와야 얼마나 나오겠는가? 그날 학우들과 그야말로 코가 삐뚤어지도록 마신 결과 26만 원이라는 거금이 나왔다.

“헉!”

전이라면 눈 돌아갈 돈이었지만 지금은 충분히 감당할 수 있었다. 느긋하게 계산하는 주찬을 보고 학우들이 혀를 내둘렀다.

“돈 좀 버는 모양이네?”

“어, 벌어. 2차 가서 가볍게 맥주나 한잔할까?”

“좋지.”

우르르 몰려간 2차였다. 그 자리에서 술이 얼근히 취하자 동기들끼리 서글픈 이야기가 튀어나왔다.

“하, 졸업하고 도대체 말이야, 어딜 가야 할지.”

“내 말이 그 말이야. 이놈의 스펙, 아무리 쌓으면 뭐하냐? 받아주는 데가 있어야지.”

현실적으로 슬픈 하소연이었다. 주찬은 묵묵히 하소연을 들으며 맥주잔만 비우고 있었다. 떠들던 동기들이 물었다.

“주찬아, 넌 걱정되지 않냐?”

“나? 난 이미 방향을 정했어. 대학원 가고, 학원 강사 계속할 거야.”

“학원 강사를 계속한다고? 취직 안 하고?”

“그거보다는 이게 나은 거 같아. 지금 받는 수입만 해도 대기업 들어가서 이 정도 받을 수가 없어.”

“그래? 많이 버는 모양이구나?”

“조금 벌지.”

구체적인 액수는 얼버무렸다. 공연히 액수까지 얘기해서 위화감을 조성할 필요는 없었다.

그러자 한 동기가 말했다.

“학원 강사가 돈이 돼? 나도 그쪽으로 가볼까?”

가만히 듣던 주찬이 한마디 했다.

“일단 취직부터 해봐. 안 되면 그때 가서 얘기하자.”

“그럼 소개는 시켜준단 거야?”

“그때 가서 얘기하자니까.”

일단 대답을 회피하는 주찬이었다. 있지도 않는 미래를 위해서 괜히 진지하게 토론하고 싶은 마음은 없었다.

현실이 됐을 때 그때 해도 늦지 않은 일이다. 그냥 웃어주면서 동기들 이야기를 들어주는 게 지금은 다였다.

친구들과의 술자리 이후 학원 강의와 대학원 공부를 함께 하려니 제일 부족한 것이 시간이었다.

‘하루가 48시간이었으면…….’

쓸데없는 생각마저 들었다.

목표가 서울대학원인만큼 힘도 솔직히 들었다. 그래도 영어가 아니라면 한가할 텐데 하는 생각마저 들었다. 움직이면서 길거리에 뿌리는 시간마저 아까웠다.

“어쩌지?”

고민하던 주찬이 눈빛을 빛냈다.

“저지르고 보자.”

벌떡 일어선 주찬이 간 곳은 중고차 매매상이었다.

“그냥 굴러다니는 차 하나 보여주세요.”

“어떤 차요?”

“싼 차요.”

간단한 주찬의 대답에 중고차 매매 직원이 떨떠름한 표정이다. 큰 손님이 아니란 눈치를 심하게 보였으나 주찬은 모른 척 씹었다.

그나마 싼 중고차 하나를 두고 가격 협상이 지루하게 진행됐다.

“20만 원만 깎아주세요.”

“안 돼요.”

“그럼 할 수 없지요. 다른 싼 차 보여주세요.”

“에이, 가져가요.”

짜증난 중고차 매매상이었다.

‘땅 파봐라. 천 원짜리 한 장 나오나.’

공연히 돈 버릴 이유는 없다.

부르릉.

주찬이 산 차는 10년 가까이 된 중형차인 이에프 소나타였다.

"잘 나가네."

외양은 조금 그랬지만 성능만큼은 아직 팔팔해 보였기에 선뜻 샀다.

"푸하하!"

절로 웃음이 났다. 대학생 신분인 자신의 힘으로 비록 중고차지만 차를 샀다는 것이 즐거웠다.

내친김에 주찬은 은행에 들러 집에 백만 원을 보냈다.

"마음이 편하네."

혼자 잘 먹고 사는 게 미안했기에 한 행동이다.

조금씩 나아진 생활 속에 오늘도 학원에서 열강을 토하던 주찬이 한곳을 바라보는 순간 가슴이 철렁했다. 뒷자리에 앉아 있는 한 남학생, 그 학생 머리에서 보랏빛 오로라가 치솟고 있다.

오랜만에 본 현상이다.

'썩을. 이번엔 색이 변했네?'

하얀색이 아닌 보라색 오로라는 처음 본 것이다. 볼 때마다 불길한 일이 벌어졌기에 가슴 한구석이 답답했다.

'분명히 뭔가가 있는데……'

생각은 잠시였다. 지금은 수업에 열중할 때였다.

"그러니까 2차 함수에서……."

차곡차곡 설명했지만 그저 앵무새처럼 중얼거릴 뿐 마음은 이미 콩밭에 가 있었다.

그러나 워낙 설명이 출중한 탓에 학생들은 전혀 눈치채지 못했다.

때르릉.

수업 끝나는 종이 울리자 바로 끝나지 않고 마지막 말을 뱉었다.

"이거 1분이면 설명 되는데 들을 사람?"

"듣습니다!"

학생들이 합창하다시피 했다. 빙그레 미소 짓던 주찬은 마지막 답까지 적어놓고서야 설명을 끝냈다.

"다음 시간에 뵙시다."

"수고하셨습니다!"

힘찬 목소리. 학생들의 표정에는 밝은 빛이 가득이다. 자신들이 그렇게 어렵게 여겼던 수학 문제를 술술 풀어내는 주찬이 존경스러운 눈치다.

'자식들.'

귀여운 기분이 들었지만 지금은 그런 것에 신경 쓸 시간이 아니다.

먼저 밖으로 나간 주찬이 나온 학생들의 어깨를 일일이 토닥거려 줬다.

"자, 열심히 하자."

"선생님도요."

뜻밖의 서비스에 아이들이 놀란 표정으로 대답하고는 얼른 멀어져 갔다. 그들도 바쁜 다음 스케줄을 향해서 움직여야만 했다.

'참 불쌍하게 살기는 하네.'

생각하는 사이 마침내 보라색 오로라가 치민 학생이 눈앞에 왔다. 안경을 낀 채 얼핏 보기에는 문제없어 보인 모범생 스타일이다.

모른 척 주찬이 툭하니 한마디 던졌다.

"너는 얼굴이 좀 어둡다. 무슨 걱정거리 있니?"

"없어요."

싸늘하게 말하고 사라져 버리는 학생.

'분명히 뭔가 있기는 한데……'

잠시 고민했지만 결론은 간단했다. 어차피 다음 수업은 없었기에 주찬은 일단 그 학생을 따라가 보기로 했다.

천천히 거리를 두고 움직인 탓에 학생이 주찬을 알아보지는 못했다.

힘없이 버스를 타고 움직이는 학생, 같이 탔다가는 들통 날 듯싶어 택시를 타고 움직였다.

"저 버스 뒤를 졸졸 따라가 주세요."

"무슨 일이 있습니까?"

"별거 아닙니다."

"아, 그래요?"

더 이상 묻지 않는 택시 기사였다.

세 정거장이나 갔을까?

마침내 버스에서 내리는 학생이 보였다. 주찬은 얼른 택시 요금을 지불하고 학생 뒤를 쫓았다.

허름한 아파트로 들어서던 학생이 엘리베이터를 탔다.

'다행이야.'

오래된 아파트라 정문에 외부인 출입을 막을 유리문이 없기에 한결 편안한 기분이다.

12층에 서는 것을 확인한 후 엘리베이터의 버튼을 눌렀다. 엘리베이터의 문이 열리자 11층을 누르고는 주찬이 실소를 머금었다.

'내가 지금 뭐하는 짓일까?'

다 떠나서 과연 보라색 오로라가 무엇을 의미하는지 꼭 알고 싶었다.

띵!

경쾌한 소리와 함께 11층 문이 열리자 얼른 12층을 바라보고 아무도 없단 걸 확인하고 계단을 걸어 올라갔다.

'헉! 이건 또 뭐야!'

기나긴 통로에는 모두 열두 가구가 살고 있었다.

오래된 아파트어서 통로 식이었다.

'어느 집이야, 도대체.'

암담했지만 이럴 때는 무식한 게 제일이었다.

1201호부터 차곡차곡 알아볼 생각이었다. 1호실에 귀를 댔다. 혹시나 하는 마음이었지만 가느다라나마 목소리가 들렸다.

그 어디에도 귀에 익은 학생의 목소리가 들리지 않았다. 그런 식으로 하나둘씩 알아보던 주찬이 멈춘 곳은 1206호였다.

퍽!

'이게 무슨 소리야?'

놀란 주찬이 귀를 기울였다.

"윽!"

학생의 비명 소리였다. 분명히 목소리가 똑같았다.

"너 그렇게 공부해서 어떻게 하려고! 전교 1등이 그렇게 쉽게 되는 게 아니야!"

뾰족한 중년 여자의 목소리, 그리고 또 들리는 건.

퍽!

내려치는 둔탁한 소리, 그리고 꾹 참는 듯한 학생의 신음이었다.

"윽!"

"똑바로 못 대!"

중년 여자 목소리에 독이 잔뜩 서렸다.

'뭔가 심상치 않은데?'

주찬은 이리저리 살펴보다 까치발을 하고 부엌 창 쪽으로 안을 겨우 들여다볼 수 있었다.

다행히 일은 거실에서 벌어지고 있어 한눈에 들어왔다.

거실에 아까 봤던 학생이 엎드려뻗쳐 자세로 부들부들 떨며 있었고, 골프채를 든 중년 여인이 가차없이 휘두르는 모습이었다.

퍽!

엉덩이에 꽂히는 골프채.

'저거 맞으면 되게 아픈데……'

학창 시절 담임에게 맞았던 기억이 나자 주찬이 영 연민스런 표정으로 변했다. 학생은 이를 악물고 팔을 부르르 떨면서도 버티는 모습이다.

'저렇게까지 해야 되나?'

생각도 잠시, 바로 보이는 풍경을 그대로 살펴봤다. 거실에는 TV도 없었고 희한한 건 책상과 의자가 거실에 떡하니 놓여 있었다.

그 맞은편에 소파가 있어 한눈에 공부하는 모습을 지켜볼 수 있었다.

보나마나 공부하는지 늘 감시하려고 마련한 것이 분명했다.

'저건 너무 심하네.'

그 순간 번쩍 스치는 생각.

'혹시 이게?'

전후 사정을 추측해 보자 어느 정도 윤곽이 잡혔다. 그러나 자신이 내린 결론을 차마 믿고 싶지 않은 주찬이었다.

'설마 아니겠지.'

뚜벅뚜벅.

그때 걸어오는 발걸음 소리가 들려 얼른 엘리베이터 쪽으로 몸을 움직인 주찬이다.

한 남자가 트레이닝복 차림으로 계단을 통해 올라와 1207호로 들어가는 모습이 보였다.

'잘하면 도둑으로 몰리겠네.'

주위를 살피고 다시 돌아가 거실을 훔쳐봤다. 여전히 골프채 구타는 계속되고 있었다.

"너 이렇게 공부 안 해서 어떻게 할 거야!"

소리를 버럭 지르는 여자 목소리. 창이 닫혀 있었지만 예민한 귀는 낱낱이 얘기를 들을 수 있었다.

'확실히 문제가 있어.'

훔쳐보던 주찬은 찝찝한 기분이다.

'지금 뭐하는 건지 몰라.'

그냥 돌아가고 싶은 마음이 굴뚝같았다. 그러나 왠지 그래서는 안 된단 강한 예감이 자신을 사로잡았다.

'일이 터지긴 할 텐데……'

오로라, 그게 무슨 색이든 간에 무슨 큰 변고가 있다는 신호다.

귀찮은 마음에 이대로 돌아간다면 평생 마음의 짐이 될지도 몰랐다.

'차라리 오지 않았으면 좋았지.'

하지만 온 이상 일단 끝장은 봐야 했다. 기다리는 동안 주찬은 전자키를 유심히 살펴봤다.

‘분명히 지문이 많이 찍혀 있는 데가 번호일 거야.’

눈을 집중하자 보통 사람보다 월등히 좋아진 시력이 바로 지문 자국이 많은 번호 네 개를 찾아냈다.

‘어느 게 먼저인지 알 수가 있나?

계산해 보니까 확률은 10분의 1, 열 번만 누르면 된다.

아니라면?

‘다음에 올 때 한번 몰래 지켜보는 수밖에 없겠지?

시간은 흘러 주찬이 온 지도 한 시간이 지나자 구타 소리도 사라져 집안이 조용했다.

‘착각인가?’

별일 없자 다음을 기약하고 막 돌아가려던 주찬이 주춤했다.

갑자기 발걸음 소리가 들려 귀를 쫑긋 세우며 거실 쪽을 살짝 바라봤다. 그러자 남학생이 부엌에 들어와 있는 모습이다.

시퍼런 눈에는 광채가 번뜩거렸다.

‘안 좋은데?

남학생은 망설임없이 부엌에서 커다란 부엌칼을 들고 가만히 쳐다보다 발끝을 돌리는 게 아닌가?

‘위험해.’

분명히 눈에 나타난 것은 보통 사람들보다도 확실한 살기였다. 어머니의 구타, 그리고 잔소리.

남학생의 행동 여러 가지를 추측해 보고 결론이 나자 머리끝이 쭈뼛 섰다.

그가 방으로 들어가는 사이 주찬은 정신없이 번호를 누르기 시작했다.

띠익!

열리지 않았다. 손가락은 정말 정신없이 돌아가기 시작했다. 늦으면 큰일이 날 것만 같아 손이 조금씩 흔들렸다.

드디어 다섯 번째 시도다.

띠리릭!

마침내 문이 열렸다. 더 이상 망설임없이 들어서는 주찬이다. 지금은 주거 침입죄 이런 거 따질 때가 아니었다.

일단은 무슨 사건이 벌어질지 몰라 막아야 하는 생각. 그 생각밖에 없었다. 안방 문으로 다가서자 거칠게 몸싸움하는 소리가 들렸다.

"너 미쳤니?"

"죽어!"

방문을 급히 잡았으나 이미 잠겨 있었다. 망설임없이 몸으로 거칠게 밀었다.

쾅!

부서지는 소리와 함께 몸을 밀치고 들어간 주찬의 시선엔 칼을 들고 막 어머니를 찌를 태세인 학생의 모습이 보였다.

"안 돼!"

소리치자 남학생은 놀란 듯이 바로 칼을 내려쳐 갔다.

휙!

날다시피 다가선 주찬이 칼을 든 학생 손목을 후려쳤다.

퍽!

"억!"

비명 소리와 함께 칼이 침대 쪽으로 나뒹굴었다.

쨍그랑!

바닥에 떨어져 나는 청아한 소리. 그런 건 들을 겨를이 없었
다.

"지금 뭐하는 거야!"

"아니, 선생… 님……"

그제야 주찬을 알아본 학생이 놀라 소리쳤다.

"지금 뭐하는 거냐니까!"

소리를 버럭 지르는 주찬이었다. 밑에 깔려 있던 중년 여인
은 이미 겁에 질려 멍한 시선이었다.

남학생도 아무 말도 못한 채 지켜보고 있었다. 순간 다시 냉
철한 이성으로 돌아온 주찬이 남학생에게 말했다.

"조용히 말로 하자. 도대체 왜 이러는 거야? 너 지금 어머니
를 찌르려 했던 거니?"

"어머니가 아니라 원수예요!"

버럭 소리친 학생 눈에는 증오의 눈빛이 섬뜩하게 물결쳤
다.

밑에 있던 어머니도 놀란 듯 자신의 아들을 바라봤다.

"유철아."

학생 이름은 김유철이었다.

주찬은 조용히 두 사람에게 말했다.

“일단 소파로 가서 얘기하죠.”

“어… 떻게 들… 어오셨… 어요?”

정신을 조금 차린 김유철이 묻자 주찬이 얼버무리며 변명했
다.

“지금 그런 거 따질 때가 아니잖아. 일단 나가서 얘기하자.”

잔뜩 흥분된 순간이 지나자 김유철의 눈이 조금은 가라앉은
듯했다.

‘아직 아냐.’

주찬이 고개를 저었다. 아직까지 뿌리 깊이 남아 있던 어머
니에 대한 증오가 심하게 일렁거리는 것을 봤다.

김유철의 손을 잡고 어머니에게 말했다.

“일어나서 얘기하시죠.”

“……”

말문이 막힌 어머니와 학생을 소파에 데려가 앉혀놓고 맞은
편 바닥에 앉은 주찬이다.

“도대체 왜 그런 거니?”

“다 싫었어요. 공부도 싫고 어머니도 싫고 다 싫었어요. 다
죽여 버리고 싶어요.”

다시 증오의 눈빛이 물결쳤다. 그때서야 뚜렷이 거실을 둘
러본 주찬은 한숨부터 몰아쉬었다.

아무리 봐도 공부하는 아들을 감시하기 위한 집 그 이상도
이하도 아니었다. 어머니가 그때서야 정신을 차린 듯 아들의
따귀를 때렸다.

쫙!

"너 지금 뭐하는 짓이야!"

"……."

김유철은 고개만 숙일 뿐 아무 말이 없었다. 가만히 바라보던 주찬이 천천히 입을 열었다.

"지금 그게 중요한 게 아닙니다. 집이 좀 이상하네요."

"당신은 누구야?"

"저요? 제가 없었으면 어떻게 됐을까요?"

"……."

그 한마디에 어머니의 입이 쑥 다물었다.

"왜 이러시나요?"

"네가 뭔데 이래라 저래라야."

고함치던 어머니가 뒷목을 잡았다.

"아!"

혈압이 올랐던지 어머니가 소파 위로 푹 쓰러졌다.

"응?"

얼른 다가선 주찬이 맥을 짚어봤다. 다행히 맥은 정상적으로 뛰고 있어 큰 위험은 없어 보였지만 일단 조치는 필요했다.

"119 불러라."

"네."

얼떨결에 대답한 김유철이 얼른 휴대폰을 집어 들었다.

출동한 119구조대와 함께 병원 응급실에 도착한 김유철의 어머니는 곧장 응급처치를 받기 시작했다.

멍하니 옆에 서 있던 김유철을 살짝 잡아 끈 주찬이다.

"자세한 이야기를 좀 해봐라."

"……"

침묵하는 김유철이었다.

"이럴 때는 침묵이 금이 아니야 독약이지. 해봐. 남에게 절대 얘기하지 않으마."

"선생님, 어떻게 우리 집에 들어오셨어요?"

"옆집에 친구가 있어 찾아갔다가 우연히 듣게 돼서 찾아갔어."

"……"

주찬의 생각은 간단했다. 그렇다고 옆집을 모두 수소문해서 자신을 아느냐고 물어볼 일은 없다.

그 마음 하나로 넘어갔다. 우연의 일치였지만 워낙 상황이 정신없이 돌아가는 터라 김유철도 더 이상 캐묻지 않았다.

"일단 이야기를 해봐. 이야기를 해야 이해를 하든지 말든지 하지. 어머니를 죽인다는 게 말이 되냐, 이 자식아."

조금은 날카로워진 주찬의 말에 억울하단 듯이 항변하는 김유철이었다.

"선생님도 겪어보세요. 매일같이 공부, 공부. 아무것도 할 수 없어요. 전 친구도 없고 학업 성적이 다예요. 성적이 떨어지면 골프채로 후려 패곤 하시죠. 선생님 같으면 어떻게 하시겠어요?"

“힘들었겠다. 그래서 그런 행동을 한 거니?”

“그건 아니에요. 어머니가 성적이 떨어지면 하도 혼을 내시니까 성적을 위조했어요. 그런데 그게 들통 날 거 같아서 늘 불안했어요. 어머니만 없다면 그런 고통은 없잖아요.”

아직 어린 나이다. 워낙 두려움이 짙어 그런 행동을 할 수도 있다는 생각이 들었다. 주찬은 김유철의 손을 꼭 잡았다.

“일단 큰일 안 저지른 건 다행이다. 아버님은 어디 계시니?”

“집 나가신 지 오래됐어요.”

“연락할 수 있겠어?”

“아버지는 왜요?”

“넌 어머니가 저렇게 된 게 좋다고 생각하니? 내가 보기에는 어머니도 약간 문제가 있으신 거 같아. 일단 아버지와 상의를 해봐야 할 거 같은데…….”

그 말에 살짝 화색이 돈 김유철이 바로 전화를 돌렸다.

“아빠, 나야. 엄마 지금 병원에 있어. 여기? 한성병원이야.”

전화를 끊고 주찬을 바라보는 김유철이다. 주찬은 아무 말 없이 고개를 끄덕였다.

힐끗 바라보니 어머니는 아직 정신을 차릴 기미를 보이지 않았다.

‘다행이다. 이럴 때 정신 차리면 골치 아프지.’

20분쯤 기다렸을까, 바로 김유철에게 달려오는 긴장한 얼굴의 중년 남자가 보였다.

오자마자 소리쳤다.

"네 엄마 어떻게 된 거야?"

다그치는 아버지의 손을 잡은 주찬이었다.

"잠깐 저와 얘기 좀 하시죠."

"당신 누구입니까?"

"학원 선생입니다."

"학원 선생이 여길 왜 왔소?"

시비조의 말투였지만 주찬은 개의치 않았다. 이대로 내버려 둔다면 그야말로 아들이 어머니를 죽이는 패륜이 또 발생할지 몰랐다.

아버지를 억지로 병원 벤치로 잡아 끈 주찬이었다.

"이거 왜 이래요?"

"잠시만 시간 주세요."

"도대체 무슨 일입니까?"

"실은……."

들었던 얘기를 그대로 털어놓는 주찬이었다. 가만히 듣던 남자의 안색이 창백하게 변해가기 시작했다.

주찬의 설명이 끝나자 한숨부터 몰아쉰 남자였다.

"휴우, 그놈의 마누라, 집착하나는."

"알고 계셨습니까?"

"대충 알고 있었지만 그 정도일 줄은 몰랐소."

"일단 그런 형편이니 아무래도 부인께서 약간 정신적인 문제가 있는 거 같습니다. 강박관념이랄까요? 그걸 치료하지 않는다면 둘에게 모두 불행한 일이 될 것 같습니다."

주찬의 설명에 남자가 발끈했다.

"그래서 나보고 어쩌라는 거요?"

"일단 부인께서 정신 치료를 받아야 되지 않겠습니까?"

"정신병원에 넣으라고요?"

같잖다는 표정이었다.

"그럼 이대로 두고 보시다가 누구 하나 죽어 자빠지는 꼴을 보시겠습니까?"

"……."

침묵하는 남자였다.

이야기를 들어보니 그런 상황이 오지 않는단 보장이 없다.

더군다나 오늘 일어난 일을 듣자 그제야 조금씩 떨리는 모양이었다. 담배를 입에 무는 손길이 부르르 떨려왔다.

주찬이 다시 경고했다.

"그게 최선인 거 같습니다. 그렇게 하지 않는다면 더 이상 방법은 없을 거 같아요. 저는 그럼 이만."

더 이상 말할 필요는 없었다. 더 이상 해봐야 소용도 없고 자신들의 의지로 결정되는 일이다.

집으로 돌아오는 주찬의 마음이 가벼운 듯 한편으로는 무거웠다.

'잘될까?'

지금은 기다리는 방법밖에 없었다.

머칠 후 학원 강의를 나신 주찬은 오랜만에 출석한 김유철을 볼 수 있었다.

자신도 모르게 반가워 손을 흔들 뻔한 주찬이 아차하고 모른 척 넘어갔다.

"자식."

김유철은 주찬을 보자마자 다른 학생 모르게 살짝 고개 숙였다. 묵묵히 살짝 고개를 끄덕여 대답해 준 주찬은 강의에 집중했다.

그날따라 흥겨운 강의가 끝나고 돌아서던 주찬의 손을 잡아 끄는 뭔가가 있었다. 고개를 돌려보니 김유철이었다.

"선생님, 정말 감사하다는 인사를 드리고 싶어요."

"일은 잘 풀린 거야?"

"예, 병원에서 어머니가 약간 정신 강박증이 있대요. 그래서 지금 치료받으러 일단 입원하셨어요."

"잘됐구나. 이제는 부담없이 공부할 수 있겠네?"

"예, 선생님."

한결 밝아진 표정이었다. 저 착한 아이가 아차하면 어머니를 죽인 살인범이란 오명을 뒤집어쓸 뻔했다.

존속 살해, 그것은 사회에서 생매장당해도 아무런 할 말이 없다.

그러나 이런 뒷사정을 알고 나면 그 누구도 김유철에게 돌을 던지기는 어려우리다.

툭툭.

어깨를 쳐주는 주찬이 순간 흠칫했다. 뭔가 모를 기운이 쏟아져 오는 기분이다.

'이건 또?'

일단 시치미를 떼고 김유철을 돌려보냈다. 얼른 집으로 돌아와 몸을 체크해 봤다.

'머리가 더 좋아졌나?'

여러 가지 테스트를 해봤지만 그런 것은 아니다.

'그럼 뭐지?'

고개를 갸웃거렸지만 나쁜 일은 아니라는 확신이 들었기에 편안하게 잠자리에 들었다.

다음날 아침.

잠에서 깬 주찬이 놀란 탄성을 지른 건 그리 오래 걸리지 않았다.

"어, 몸이……."

단 한 군데도 뻐근하지 않았다. 학원 강의 탓에 아침이면 늘 결리던 어깨도 쌩쌩했다.

"보답인가?"

눈에 희열이 서렸다.

벌떡 일어서 물구나무를 섰다.

가뿐한 몸.

혹시나 하는 마음으로 그 자세로 팔굽혀펴기를 시작했다.

"하나 둘……."

무려 삼십 번을 하고도 끄떡없었다.

"푸하하!"

웃음이 절로 났다.

김유철에게 받은 오로라가 주찬의 몸에 있던 힉스 입자를 쌍소멸시키며 전보다는 훨씬 좋은 체력을 선사했다.

의자에 앉은 주찬은 흥분 상태였다.

"좋은 일 하고 몸도 좋아지고."

이거야말로 꿩 먹고 알 먹기였다.

"어디까지일까?"

진한 호기심마저 들었다.

기쁨은 곧 또 하나의 결심을 불러일으켰다. 이런 일이 다시 생기면 무조건 해결할 생각이다.

남도 좋고 자신에게도 도움이 되는 걸 마다할 생각은 전혀 없었다.

즐거운 미소가 연신 터지는 아침 시간이다.

생각대로 한번 터진 일은 계속됐다.

차를 타고 영어 학원으로 부지런히 가던 주찬의 눈이 반사적으로 인도 쪽으로 돌아갔다.

'또 시작이군.'

거기엔 보라색 오로라가 피워 오르는 한 남자가 부지런히 걸음을 옮기고 있었다.

카키색 정장 차림.

거리가 너무 멀어 정확한 얼굴 표정까지는 보이지 않았지만 무조건 쫓아가야만 했다.

주변을 살펴보던 주찬의 시선에 마침 빈 주차 공간 하나가
보였다.

"주차비도 비쌀 텐데."

살짝 투덜거린 후 얼른 주차를 시킨 후 차에서 내리자 주차
관리인이 소리쳤다.

"손님, 언제까지 계실 겁니까?"

"금방 올 거예요."

그 말과 동시에 남자를 찾았다. 처음에는 보이지 않았지만
골목으로 들어가는 남자의 모습이 얼핏 보였다.

얼른 뒤를 따라가는 주찬의 발걸음이 바빴다. 5분쯤 걸어가
자 으슥한 골목길로 접어드는 남자였다. 그 앞에는 한 여자가
걷고 있었다.

'대충 상황이 짐작되네.'

주찬은 발걸음을 들키지 않으려 애쓰며 최대한 거리를 좁혀
미행했다. 마침내 남자의 목소리가 들렸다.

"미옥아."

그러자 깜짝 놀라 뒤로 돌아보는 여자였다.

"무슨 일이야?"

"미옥아, 다시 한 번 생각해 보면 안 되겠니?"

"구질구질하게 왜 이래?"

두 남녀의 목소리가 들렸다. 가까운 담벼락에 숨어 이야기
를 듣던 주찬이 헛웃음을 터뜨렸다.

이야기를 들어보니 여지기 변심해 남자가 따라다니는 모양

새었다.

'그냥 보내지.'

말은 그렇게 했지만 사랑에 빠진 남자. 저럴 수 있다고 이해
했다. 점점 목소리가 높아지기 시작했다.

"정말 이럴 거야?"

"얼른 가라니까!"

빽 소리치는 여자. 갑자기 남자의 인상이 구겨지더니 품에
서 뭔가를 꺼냈다.

시퍼런 과도.

그제야 여자 목소리가 겁에 질렸다.

"왜 이래……."

"오늘 너 죽고 나 죽자."

남자의 목소리가 스산한 살기를 띠기 시작했다. 금방이라도
찌를 기세였기에 얼른 앞으로 나선 주찬이 짧게 소리쳤다.

"멈춰요!"

순간 화들짝 놀란 남자가 뒤를 돌아보자 어느새 다가온 주
찬이 손을 내밀었다.

"그 과도 이리 줘요."

"너 뭐야? 죽고 싶어!"

"과도 달라니까요."

"찌른다고, 새끼야!"

악을 쓰는 남자의 눈동자가 이미 돌아갔다. 이성을 잃고 감
정에 휩싸인 상태였기에 무슨 짓을 저지를지 몰랐다.

“찌를 때는 찌르더라도 이유나 말해주고 찌릅시다.”

느긋하게 말하는 주찬의 어디에도 두려움은 보이지 않았다.

‘이런 일이 어디 한두 번이냐?’

하도 겪다 보니 만성이 된 느낌이다. 남자는 얼굴이 일그러진 채 주찬에게 갑자기 달려들었다.

“이 새끼! 죽여 버릴 거야!”

누가 봐도 칼질은 처음인 아마추어였다. 그래도 칼이기에 긴장됐다.

날카로운 반사신경을 안 믿는다면 나서지도 못했다.

‘서투르기는.’

주찬은 찔러오는 과도를 든 손을 살짝 돌려 겨드랑이에 끼고 남자의 손목을 가볍게 꺾었다.

두둑.

“억!”

비명 소리가 들렸다.

쨍그랑.

과도 떨어진 소리는 다음이었다. 바로 남자의 손목을 잡아 비틀며 뒤로 돌렸다.

남자가 악을 썼다.

“이… 거… 놔!”

흘낏 보니 여자는 새파랗게 질린 채 꼼짝 못하고 있었다. 주찬이 남자를 여자가 잘 보이는 위치로 돌리곤 차갑게 말했다.

“똑똑히 보세요. 저게 당신이 사랑했던 여자입니까?”

"크윽!"

고통에 대답도 못하는 남자였다.

"지구에 반은 여자라잖아요. 왜 저 여자 한 명에 집착해요?"

"네가 내 마… 음을 어떻… 게 알아!"

고통에 일그러지면서도 끝까지 할 말은 꺼낸 남자였다.

"당신 마음 모르지요. 하지만 한 가지 아는 게 분명히 있어요. 일단 사랑하는 남자를 배신한 여자, 아무런 이유가 없다면 돈 때문이겠죠? 저 여자, 어떤 남자랑 사귄 거요?"

"그걸 네가 알아서 뭐… 하려고!"

"당신보다는 좋은 조건이겠죠?"

"……."

아픈 델 찔린 듯 갑자기 침묵하는 남자였다. 침묵은 곧 긍정. 주찬은 살짝 목소리를 낮게 말했다.

"조건에 팔려가는 여자, 한마디로 싸가지없는 거 아니에요?"

"함부로 말하지 마."

"싸가지없는 거 맞잖아요."

"야 이 새끼야! 함부로 말하지 말라니까!"

"금방 죽이려 했던 여자를 왜 그렇게 옹호하고 야단이요?"

주찬의 말에 남자가 인상을 팍 썼다.

"네가 그렇게 함부로 평가할 여자가 아니야. 이 손 놔, 새끼야!"

그러자 손을 탕 놔버린 주찬이었다.

"손 났어요. 어떻게 할 건데요?"

"야 이 새끼야!"

또 달려드는 남자. 이번에는 가볍게 목을 잡아 뒤로 돌렸다.

"끄윽!"

"거참, 초면인데 이렇게 신경질을 내시나."

주찬의 말에 남자가 바둥거리기 시작하자 주찬은 다시 놔줬다.

또 달려드는 남자. 그렇게 서너 번이 반복되자 남자는 지친 듯 노려보기만 했다.

"헉헉."

"저 여자 죽인다면 당신 인생은 어떻게 되는데? 완전 끝장 나잖아요. 그 짓을 왜 하려고 그래요?"

사람이 흥분해 감정이 격해졌을 때는 얼마 되지 않았다. 어느덧 남자도 감정이 수그러든 듯 이성을 되찾은 모습이다.

자신이 무슨 짓을 할 뻔했던지 깨달은 순간 당황한 얼굴도 살짝 비쳐 보였다. 주찬은 천천히 과도를 집어 들며 말했다.

"이건 도와준 기념으로 과일 깎는 칼로 쓰겠어요. 됐죠?"

"……."

아무런 말도 없는 남자였다. 주찬이 보기에도 더 이상의 문제는 없어 보였다. 그때였다. 바로 오로라가 몸으로 치켜 들어오는 느낌이 들었다.

'오, 또 오시는군.'

살짝 활기친 몸이지만 당장 그 이상은 아무것도 없었다.

‘이번에는 영 반응이 늦네.’

고개를 갸웃거린 주찬이다. 사실 이번 보랏빛 오로라는 그렇게 받았다고 바로 반응이 나타나는 건 아니다.

적어도 다섯 명 이상을 받아야 반물질이 소멸돼 능력을 받을 수 있었다. 그걸 모르는 주찬은 그저 답답할 따름이다.

“가볼 테니까 잘해보쇼.”

그리고 천천히 걸음을 돌리는 주찬의 발걸음이 한결 가벼워졌다.

“좋은 일 하고 뭔가 받고. 이런 인생도 괜찮잖아?”

혼자에게 하는 말치고 상당히 훌륭했다. 주찬의 뒤로 여자의 목소리가 들렸다.

“왜 그랬어?”

“난 네가 없으면 못살아.”

그게 끝이었다. 점점 멀어지는 발걸음에 더 이상 말소리가 들리지 않았다.

“잘됐으면 좋겠는데.”

그 뒷얘기까지 듣고 싶은 마음이 없었다.

Chapter 07
가족

1월 0일

드디어 여름방학 직전 오랜만에 동생 이민찬에게 전화가 왔다.

"형, 나야."

"그래, 무슨 일이냐?"

"나 지금 서울에 와 있는데 형 좀 볼라고."

동생 목소리가 낮았다.

"안 좋은 일 있어."

"만나서 이야기해."

"그래? 어디 있어?"

"학교 앞이야."

"기다려."

바로 총알같이 튀어나간 주찬이었다. 학교 앞에는 턱수염이 거뭇거뭇한 동생 이민찬이 서 있었다.

"야, 인마!"

반가움에 소리치자 얼른 얼굴에 화색을 띠며 달려오는 이민찬이다.

덥석.

형제는 서로를 향해 진한 포옹을 했다. 이 순간은 그동안 싸늘했던 마음이 왠지 따뜻해지는 기분이었다.

'어, 이건가?'

피가 비슷한 사람을 만나자 가슴이 뛰고 왠지 전신에 피가 도는 느낌이었다.

"가자. 밥 먹었냐?"

주찬의 말에 고개를 흔드는 이민찬이다.

"형, 그러지 말고 일단 얘기부터 하지."

"밥이나 먹고 얘기하자."

거부하는 손을 질질 끌고 학교 주변 불고기 집으로 들어갔다.

지글지글.

불고기가 익는 사이 계속 어두운 표정을 짓고 있던 이민찬을 보며 주찬이 물었다.

"무슨 일 있어?"

"형하고 좀 얘기할 게 있어. 부모님 얘기 들어봤어?"

"아니. 나한테 별말씀 안 하시던데."

"아무래도 슈퍼 문을 닫을 모양이야."

"뭐? 슈퍼 문을 왜 닫아?"

깜짝 놀란 주찬이 젓가락을 멈췄다.

"앞에 있는 슈퍼 있잖아. 대기업이 한다는 거 말이야."

"그래, 그거 있지. 그거 때문에 고민한다는 얘긴 들었지만 그 정도로 심각해?"

"매출이 거의 안 나오나 봐. 매상이 없어 힘드신 거 같아. 그래서 접으실 생각을 하시는 거 같아."

"그건 아니야."

단호하게 얘기하는 주찬이었다. 슈퍼, 남들은 어떻게 볼지 모르지만 자신들이 가진 꿈을 소중하게 키워온 공간이다.

거기서 나오는 돈으로 자신도 공부했고 동생들도 마찬가지였다. 그런데 문을 닫아야 한다? 그건 어머니, 아버지 생이 온통 무너진다는 걸 의미했다.

슈퍼가 가진 의미를 잘 알고 있는 주찬이었기에 눈빛부터가 달라졌다.

"그럼 어떻게 해, 형. 적자를 감수하고 하라는 건 그렇잖아."

"……."

가만히 듣고 있던 주찬이 한동안 침묵을 지켰다. 앞에 있던 이민찬도 주찬의 마음을 아는 듯 아무런 말도 꺼내지 않았다.

불고기가 지글지글 타고 있었지만 형제는 먹을 엄두조차 나지 않았다. 한참이 지나고 주찬이 고개를 들었다.

"슈퍼를 키우면 어떨까?"

"슈퍼를 키우다니, 그게 무슨 말이야?"

"규모를 크게 키우면 되잖아. 옆에 상가 장사가 시원찮아서 조만간 나간대. 그거까지 합치면 앞의 슈퍼하고 맞먹지 않을까?"

얼핏 들은 이야기를 주찬이 꺼내자 이민찬의 눈이 커졌다.

"옆에 상가가 몇 평짜린 줄 알아, 형? 그거 100평이야. 그걸 우리가 어떻게 해. 돈이 어디 있어."

가만히 듣던 주찬이 한마디 했다.

"넌 내려가서 그 상가 임대료가 얼마인지 알아봐."

"형이 어떻게 하려고?"

"어떻게든 형이 해볼게."

"형 학원 강사 한다는 얘기는 들었지만 그렇게 큰돈을 어떻게 마련하려고?"

"일단 알아봐. 알아봐서 뭐 손해 날 거 있겠냐? 한번 해보자고."

주찬의 눈에서 투지가 불타올랐다. 그 단호한 음성에 이민찬도 더 이상 말하지 못했다.

"불고기 다 타겠다. 먹자. 먹으면서 얘기하자."

"어, 그래."

이민찬은 떨떠름한 표정을 지으면서 불고기를 한 점 집어

들었다.

불고기를 먹는 건지 고무를 씹던 건지 모를 어색한 식사가
끝나자 주찬이 이민찬의 손을 잡아끌었다.

"당장 내려가서 그거 알아봐. 이거는 너 용돈이나 하고."

집히는 대로 5만 원짜리 몇 장을 꺼내줬다.

"형 돈 좀 버는 거 같아."

이민찬이 싱긋 웃자 주찬이 어깨를 툭툭 쳤다.

"내가 형이잖아."

그 한마디에 모든 것이 담겨 나왔다.

이민찬은 아무 말 없이 통장 두 개를 건네줬다.

"받아."

"뭔데?"

"나랑 혜리가 그동안 모은 돈이야. 얼마 안 되지만 보태."

"야, 인마."

눈시울이 뜨거워졌다.

주찬이 얼른 화제를 돌렸다.

"여기 고기 맛있어."

그러나 이민찬도 동문서답이었다.

"알았어. 형 말대로 알아보지만 너무 무리하지는 마."

"가급적이면 오늘 중에 알아봐."

"그렇게 급해?"

"남자가 칼을 뽑았으면 화끈하게 해야 할 거 아니야."

"알았어, 형."

　단호한 주찬의 의지에 왠지 이민찬도 전염된 듯한 느낌이었다.

　이민찬을 택시를 태워 보낸 후 주찬의 인상이 확 굳었다.

　"빌어먹을 인간들. 대기업이 동네 슈퍼까지 파고드는 꼬락서니하고는."

　화가 머리끝까지 치미는 느낌이었다. 물론 자본주의 사회에서 돈이 많은 놈이 장땡이라는 건 알았지만 이건 아니었다.

　자신이 직접 당하자 이건 참을 수 없는, 뭐랄까, 자존심 상하는 기분이 들었다.

　통장을 펼쳐 본 주찬이 하늘만 바라봤다.

　이민찬 오백이십만 원.

　이혜리 삼백사십만 원.

　학생 신분으론 거금이다.

　동생들이 어찌 사는지 너무도 잘 알기에 가슴이 저려왔다. 밤낮없이 아르바이트로 모은 돈이리라.

　자신이 부끄러웠다.

　그날 어떻게 강의를 했던지, 어떻게 영어 수업을 들었는지 주찬은 거의 기억조차 하지 못했다. 밤 열 시가 돼서야 드디어 휴대폰이 울었다.

　"민찬이냐? 알아봤어?"

　대뜸 물어보는 주찬의 말에 이민찬이 움찔한 모양이다.

“응, 형. 알아봤는데 만만치가 않아. 보증금 1억에 월세가 200만 원이야.”

“야, 무슨 지방이 그렇게 비싸냐?”

신경질적으로 내뱉는 주찬이었다.

“그게 아니면 안 된다는데?”

“다른 데로 가서 하신다면 아버님… 아니야, 아니야. 없던 걸로 하자. 알았어. 내가 어떻게 알아서 해볼게.”

“다행인 건 그 가게 세든 사람이 몇 달 후에 임대 계약 종료인데 장사가 시원찮아서 나갈 건가 봐.”

“잔소리 말고 끊어라.”

휴대폰을 끄며 주찬이 팔짱을 척 하니 꼈다.

1억.

암담한 금액이었다. 도무지 당장은 어떻게 조달할 수 없는 거액.

“젠장. 1, 2천만 원이면 어떻게 해보겠는데.”

풀 죽은 기분으로 궁리하던 주찬이 밑져야 본전이라는 식으로 전태진 원장에게 전화했다.

“원장님, 접니다. 밤늦게 죄송합니다.”

“무슨 일이에요, 이주찬 선생님?”

늦은 시간이었지만 반갑게 맞아주는 전태진 원장이었다.

“부탁이 하나 있는데요. 원장님, 혹시 돈 있으면 좀 빌려주시겠습니까?”

“돈? 얼마나 필요한데요?”

“1억 정도요.”

“1억이요? 그 정도 없는데.”

주춤한 전태진 원장이다. 주찬이 생각해도 1억 정도의 여유 자금은 있으리라고 생각했지만 없다는데 할 말이 없다.

“알겠습니다. 죄송합니다.”

“어… 그래요.”

영 떨떠름한 목소리로 전화를 끊는 전태진 원장이다. 주찬은 휴대폰을 바라보며 중얼거렸다.

“하긴 1억이 뉘 집 개새끼 이름도 아니고.”

도무지 방법이 없다. 그렇다고 슈퍼를 그냥 문 닫게 하는 건 좋은 일이 아니다. 평생 열심히 슈퍼 일을 해오신 어머니, 아버지. 그 두 양반이 슈퍼 일을 접는다면 바로 늙을 우려가 컸다.

일하던 사람이 일 안 하면 금방 폭삭 늙는단 이야기가 떠오르자 머리끝이 쭈뼛 섰다.

“그럴 순 없어. 오래 사셔야지.”

이참에 부모님이 은퇴하기를 바라는 마음도 있었지만 일단 그건 아니었다. 아직 부모님 나이가 젊은 만큼 충분히 일할 수 있는 나이였다.

“좀 쉬엄쉬엄하면 될 텐데, 1억을 어디서 구한다?”

학생 신분에 비록 잘나가는 학원 강사라 하나 1억이란 돈은 컸다.

“젠장, 대성학원에 들어갔으면……. 아! 대성학원!”

순간 생각이 떠오른 주찬은 빙긋 웃었다.

"그래, 또 한 번 부딪쳐 보자. 밑져야 본전 아니겠어?"

그걸로 일단 생각을 접었다. 다른 데서는 도저히 알아볼 데가 없다. 여기서 실패하면 더 큰 계획을 짜야 했다.

"나중에 더 큰 슈퍼를 차려 드리면 되지."

그 생각뿐이었다. 그 마음까지 품고 나니 한결 안도되는 기분이다.

다음날 아침부터 전화하고 싶은 마음이 굴뚝같았지만 예의상 꾹 참은 주찬이다.

시간은 왜 이렇게 안 가는지 마음속은 벌써 저녁을 달리고 있었지만 아직 열 시도 지나지 않았다.

"오전은 좀 그렇겠지?"

초조한 마음을 달래려 애써 책을 들춰보았다. 하지만 전과 달리 책 속의 내용은 단 한 글자도 머릿속에 들어오지 않았다.

하릴없이 책장을 슬슬 넘기며 시간을 보내고 보냈다. 마침내 한 시가 넘자 천천히 휴대폰을 꺼내 든 주찬이 명함 속의 번호로 전화를 걸었다.

"피연철입니다."

"원장님, 저 기억하실지 모르겠습니다. 이주찬입니다."

"어, 이주찬 선생. 무슨 일이에요?"

반가운 목소리였다. 혹시나 하는 기대감으로 차마 안 떨어지는 입술을 겨우 놀렸다.

“집에 어려운 일이 생겨서 부탁 좀 드릴까 합니다.”

“무슨 일이요?”

“부모님이 좀 안 좋은 일이 있어서 1억 정도를 먼저 선으로 당길 수 있을까요?”

“1억이라……. 글쎄, 이주찬 선생이 우리 학원 강사님이라면 고려해 보겠지만 아직은 아니지 않소?”

“제가 꼭 이자까지 쳐서 갚아드리겠습니다.”

“그건 곤란하오. 일단 대학원 시험이나 합격하고 그때 가서 얘기한다면 그때는 긍정적으로 고려해 보겠소.”

단칼에 자른 얼음 같은 말이다.

“알겠습니다. 다시 연락드리죠. 그럼 이만.”

전화를 끊고 난 주찬은 세상의 각박함을 엿볼 수 있었다.

“후후, 당연하지. 뭘 믿고.”

웃으며 털었다. 혹시나 하는 마음도 깨끗이 지웠다.

“아직은 1억짜리 신용도 없단 말이지?”

하긴 전이라면 1천만 원짜리 신용도 없는 몸이었다. 그나마 이런 얘기를 해볼 수 있다는 거, 그 자체로도 많은 발전이라는 생각이 들었다.

“어렵군.”

더 이상은 알아볼 데가 없다.

고민이 깊어질 무렵.

띠리리.

휴대폰이 울어 바라보니 전태진 원장이다.

“여보세요.”

“이주찬 선생, 삼천이면 안 돼요?”

“삼천이요?”

놀란 주찬이 소리치자 전태진 원장이 미안한 듯 말했다.

“능력이 거기까지라……”

“말씀은 감사합니다.”

울컥했다.

“삼천만 원이 뉘 집 개 이름인가.”

선뜻 준단 전태진 원장의 말에 마음이 흔들렸다.

“필요하면 지금 오세요.”

전태진 원장이 말하자 주찬이 망설이다 대답했다.

“일단 가죠.”

“기다리겠습니다.”

그걸로 통화는 끝이었다.

필요한 건 일억.

아니라면 당장 소용없었지만 성의를 봐서라도 가봐야 했다.

차를 몰고 성지학원으로 가는 주찬의 얼굴이 묘했다.

‘삼천만 원짜리 인생은 된 건가?

기분이 묘해지자 가벼운 농담마저 나왔다.

“원장님, 어디서 이런 거금을?”

“허허, 가져가세요.”

내미는 봉투.

학원 사정은 주찬도 대충 짐작했기에 물었다.

"어디서 마련하신 겁니까?"

"몰라도 돼요."

"알아야 가져갑니다."

"허 참."

전태진 원장의 난처한 표정을 보고 주찬이 슬쩍 넘겨짚었다.

"혹시 대출 받으신 건 아니죠?"

"음."

정곡을 찔린 듯 전태진 원장의 얼굴이 살짝 변했다. 주찬은 진심을 담아 고개 숙였다.

"감사합니다만 넣어두세요."

"이 선생."

"대출받아 빌려주시는 건 사양합니다. 거기다 액수가 모자라면 소용없어요."

"다 못해줘서 미안해요."

"아닙니다. 사람이 살다 보면 마음이 더 좋을 때가 있습니다."

"허허."

어색한 듯 웃고 만 전태진 원장이다. 그렇게 두 사람은 서로를 향해 포근한 마음을 전한 시간이었다.

주찬은 전태진 원장과 헤어진 후 행선지를 정했다.

“일단 부딪쳐 보자.”

주찬은 곰곰이 생각해 본 후 바로 대전행 KTX에 몸을 실었다.

집에 도착하자마자 살펴보니 마침 깐깐한 아버지가 외출 중이었다.

기회 좋고.

쾌재를 부르며 바로 어머니를 불렀다.

“잠깐 저와 얘기 좀 하시죠.”

“너 어쩐 일이냐?”

그제야 주찬을 본 어머니의 놀란 목소리다. 평소 이 시간에 내려올 주찬이 아니다.

“드릴 말씀이 있어서요.”

방으로 모신 후 주찬이 말했다.

“슈퍼 접는다고 얘기 들었습니다.”

“누가 그런 얘기해?”

어머니가 찔끔한 표정이다.

“속상하시죠?”

“괜찮다. 이제 그만해도 좋아.”

아들에게 부담을 주지 않으려는 어머니의 마음이 그대로 전해졌다.

“아니요. 이 슈퍼가 어떤 존재입니까? 우리 식구가 살아왔던, 한마디로 생명줄 아니었어요?”

주찬의 목소리가 가늘게 떨렸다. 맞는 말이다. 이 슈퍼에서 돈을 벌지 않았다면 식구들은 그야말로 어떤 생활을 했을지 아무도 몰랐다.

"주찬아……."

떨리는 어머니의 목소리.

"그 말씀을 드리러 왔습니다. 그리고 이건 변변치 않지만 날씨도 추워지고 하니 보약 사 드세요."

봉투 하나를 내밀고 마치 도망치듯이 집을 나오는 주찬이다.

"다시는 이런 꼴 보지 않아."

눈빛이 번쩍이며 뭔가 목표가 생긴 남자의 투지가 불타올랐다.

서울로 돌아온 주찬은 곧바로 학원으로 향했다. 학원에 도착하자마자 바로 전태진 원장실로 들어갔다.

"원장님, 드릴 말씀이 있습니다."

"이주찬 선생, 미안해요. 내가 돈이 좀 없어가지고 많이 못 했네요."

미안한 표정인 전태진 원장을 바라보던 주찬이 담담하게 제안했다.

"수업 시간을 좀 늘려야 될 거 같은데요?"

"그거 아주 좋은 생각이에요."

대뜸 반색하는 전태진 원장이다.

"그런데 배분하는 거 있지 않습니까? 6대 4로 하는 게 어떻겠습니까?"

"돈이 필요하신 거지요?"

"솔직히요."

가만히 바라보던 전태진 원장이 어쩔 수 없다는 듯이 고개를 끄덕였다.

"알았소. 6대 4제로 해주겠소."

"그리고 수업 시간을 많이 늘리고 학생들도 많이 받아주십시오. 최대한 많이 수업을 해보겠습니다."

"그때 말한 1억 때문에 그러는 거요?"

"맞습니다. 그럼 이만."

더 이상 이야기하고 싶은 마음도 없었다.

이미 주찬의 소문은 주변 학교에 쫙 퍼져 있었다.

"들었어? 이주찬 선생이 강의 늘린대."

"뭐, 가야지."

정원에 못 껴 포기했던 학생들이 성지학원으로 몰려왔다. 말 그대로 소식이 전해지자 수강생들이 물밀듯이 밀려오기 시작했다.

싱글벙글한 전태진 원장이 주찬에게 말했다.

"이주찬 선생, 벌써 여덟 개 학급이 구성됐어요."

"각급 당 몇 명입니까?

"100명 단위로 잘랐습니다."

모두 800명. 그 정도면 겨울까지 목표한 돈은 채울 수 있었다.

'잠을 덜 자지, 뭐.'

대학원 공부를 위해서는 시간을 쪼개야만 했다. 그렇다고 자기의 미래를 위해서 모든 것을 투자할 수도 없는 게 현실이다.

'적응하면서 사는 거지.'

주찬의 눈빛이 점점 더 날카로워졌다.

주찬이 열심히 학원 강의와 대학원 공부에 치중하는 동안 드디어 대학 4학년들에겐 죽음의 나날이란 취업 시즌이 시작됐다.

물론 주찬은 관심없는 이야기였다. 대기업에 들어간다 한들 이만한 수입은 올리기 어려웠다.

"남의 눈치 볼 것도 없고 최상의 직업이지, 뭐."

속 편했다. 자신 위에 아무도 없었다. 원장이라고 해봐야 실력만 있다면 뭐라 할 수 있는 입장이 아니다.

그렇다면 세상천지에 누구의 지시도 받지 않는 이런 직장이 어디 있겠는가? 주찬은 스스로의 일에 만족했다.

그래도 학점을 위해서 학교를 들락거리는 주찬이었다.

"주찬아!"

바라보니 동기들이었다.

"웬일이냐?"

"얘기 좀 하자."

"그래, 저쪽 벤치에서 얘기할까?"

주찬이 벤치에 앉자 주변으로 우르르 앉았다.

"너 학원 강의 수입은 괜찮아?"

"응, 먹고살 만해."

"나도 그거 하면 안 될까?"

"왜? 취업이 안 됐어?"

"빌어먹을, 취업이냐, 이게? 고시도 이렇게 어렵진 않을 거
다."

"중소기업 같은 데 들어가면 안 돼?"

"거기도 없어."

절레절레 흔드는 동기들이다. 듣던 주찬도 당장 해결책이
없었다. 친한 몇 명에게 학원 강사 이야기를 하고팠지만 아직
시기상조였다.

'기다려 보자.'

좀 더 절박했을 때 넌지시 할 마음이다.

비록 취업 전선에선 비켜났지만 주찬 역시 바쁜 나날이었
다.

"몸이 세 개였으면 좋겠다."

대학원 공부하랴, 학원 강의하랴, 하루가 48시간이라도 모
자랄 판이다.

"후우."

오늘도 새벽 두 시에 집에 들어온 주찬이다. 전이라면 벌써

지쳐 쓰러졌을 가공할 노동 강도였다. 그러나 힉스 입자가 준 인연으로 지금은 버틸 만했다.

"기회가 좋은 거지."

들어오자마자 씻고 바로 책상에 앉았다. 이제부터는 대학원 공부를 해야 했다. 하루가 너무도 숨 가쁘게 흘러가는 주찬이었다.

사람이 바쁘면 일도 더 늘어나는 것이 인생이다.

차를 타고 영어 학원으로 향하던 주찬이 신길동을 지날 무렵 무심코 옆 차선에 가던 택시를 봤다.

"헉!"

절로 놀란 신음 소리가 목 밖으로 튀어나왔다. 운전석에 앉은 택시 기사의 몸에서 오로라가 줄기줄기 뿜어져 나왔다.

옆을 보니 승객 한 명이 꼬박꼬박 조는 모습이다.

택시 기사의 보랏빛 오로라.

그건 승객의 죽음이란 생각이 들자 섬뜩했다.

그렇다면 분명히 사고다.

"교통사고인가?"

아직까지는 아무것도 알 수 없었다. 다만 막아야 한다는 생각뿐이 없었기에 일단 경적을 울렸다.

빵빵!

울렸으나 옆에 있던 택시는 꿈쩍도 하지 않았다. 윈도우를 내려 크게 소리쳤다.

"저기요!"

역시 아는 척도 안 했다. 가만히 들어보자 큰 음악 소리가 들리기 시작했다.

"이런 젠장, 듣지를 못하는군."

그러던 사이 시간은 벌써 5분이 흘렀다. 더 이상 지체할 시간이 없다는 걸 안 주찬은 모험을 걸었다.

바로 가속 페달을 밟아 앞으로 쭉 나간 후 차선을 변경해 앞에서 천천히 브레이크 등을 켰다.

그러자 택시도 속도를 줄였다. 그때 바로 급브레이크를 밟았다.

끽!

덩달아 뒤에서 끽 소리가 들렸다. 룸미러로 바라보니 택시 기사가 삿대질을 하며 화를 버럭 내는 모습이 보였다.

"뭐라고 하나?"

순간 망설이는 순간이었다. 그때 갑자기 앞에서 무언가가 쓰러졌다.

쾅!

도로를 덮치는 커다란 쇳덩어리.

그건 바로 땅을 파던 굴삭기였다. 거대한 굴삭기가 4차선 도로를 완전히 묵사발로 만들고 있었다.

반대 차선에서 오던 승용차 하나가 그대로 깔린 채 찌그러진 모습도 보였다.

"썩을."

주찬도 순간 아찔했다.

이대로 갔다면 자신도 어떻게 될지 모르는 상황이었다. 룸 미러로 뒤를 보자 삿대질하던 택시 기사도 얼이 빠졌는지 멍한 표정으로 앞만 바라보고 있다.

잠깐 시간이 지난 후 도로는 아수라장으로 변하고 말았다. 여기저기 급브레이크 밟는 소리, 뒤에서 밀리는 차, 그리고 사람들이 뛰어다니는 요란한 고함 소리가 허공으로 메아리치고 있었다.

어느새 달려온 방송국 차에서 내린 기자의 마이크를 든 모습도 보였다.

길게 심호흡한 주찬이 차에서 내려 뒤차로 움직였다. 그러자 택시에서 바로 윈도우가 내려갔다.

다가선 주찬은 천연덕스럽게 말했다.

"말 좀 묻겠습니다. 영등포역은 어디로 가야 되죠?"

"그게……."

너무 놀라 말도 제대로 못하는 택시 기사였다.

"죄송합니다."

바로 다시 돌아와 차에 탄 주찬이 유턴을 해 반대쪽으로 돌아가기 시작했다.

"잠깐만요!"

그제야 정신을 차린 택시 승객이 고함쳤으나 주찬은 못 들은 척 차만 몰았다.

"어찌 설명하나."

물어도 대답하기 힘들었다.

쑥!

또 뭔가 에너지가 몸에 들어오는 기분이다.

'또인가?'

이제는 세 번째라 익숙한 기분이다.

'뭐가 좋아졌을까?'

호기심 어린 기쁨이다. 첫 번째 일로 체력이 좋아졌다면 이번엔 과연 무엇인지 궁금하기만 했다. 하지만 당장 알아낼 방법은 없다.

'하룻밤 자고 나면 알 수도 있겠지.'

운전대를 돌리는 주찬의 손길이 유난히 가벼웠다.

그때였다.

부르르.

다시 한 번 떨리는 몸. 주찬의 몸에서 무언가가 거칠게 용솟음치다가 사라지는 느낌이 들었다.

"이거구나!"

처음으로 확실히 느껴본 상황이다. 무언가 또 변화가 일어났음이 분명했다. 아직 무언지는 몰랐지만 나쁜 일이 아니란 건 확실했다.

"뭘까?"

야릇한 호기심, 그리고 가벼운 흥분감이 온몸에 가득하다. 하지만 아직 실체를 알지 못하는 이상 지켜볼 방법밖에 없다.

그래도 기분은 좋았다. 죽을 뻔한 한 사람을 살렸다는 것, 그거 하나로 충분히 만족했다.

"세상천지보다 한 사람이 더 중요하다고 어떤 분이 말하셨지."

빙긋 웃으며 운전대를 잡은 주찬의 눈빛이 유난히 맑았다.

학생 수가 늘자 주찬은 매달 집에다 200만 원씩 송금했다. 슈퍼를 그만둔 식구들이 먹고살 수 있는 최소한의 돈이었다.

"다행히 벌어서 좋네."

학원 강의로 돈은 충분히 벌었다.

더 보낼 수도 있었지만 일단은 가게 보증금을 마련하는 게 급선무였다.

당장 도와주는 것보다 부모님 소일거리가 더 소중하단 걸 알기에 주찬은 이를 악물었다.

"아들 자랑하게 해드릴게요."

부자들에겐 별거 아닌 돈 1억이지만 자신에게는 너무나 큰 돈이다. 그나마 벌 수 있다는 것 하나만으로도 누군가에게 절실히 감사했다.

정신없는 시간이 흘렀다.

드디어 대학원 시험일, 배짱 좋게 서울대학교에 응시한 주찬이다.

다행히 그토록 고민했던 영어 등 외국어는 노력 덕인지 기본적으로 필요한 점수를 딴 후라 여유가 약간 있었다.

자연대학 생명과학부.

서울대학원 중에서도 공부 과정이 어렵기로 소문난 과에 응시한 주찬이다.

학점이 높아 그나마 다행이었다.

시험도 더럽게 복잡하네.

살짝 머리가 지끈거렸다. 우선적으로 자기소개서는 물론 연구계획서까지 제출해야 했다.

여기선 별문제가 없던 것이 평소 관심이 컸던 유전학으로 결정했다.

써볼까?

키보드를 향하는 손이다.

유전학.

genetic material이 protein이 아니라 DNA인 것을 밝힌 실험—방사성 동위원소 파지, Mixer기—293

DNA가 유전 물질이라는 것은 허시와 체이스의 T2파지를 이용한 실험으로 증명되었다. DNA에는 인이 포함되어 있고 황이 존재하지 않으며, protein에는 황이 포함되어 있고……

쉽지 않은 내용이었으나 관심 분야라 죽어라 파고들어 해결하자 또 다른 문제가 기다렸다.

"희망연구실이라……."

1, 2, 3 지망까지 있었다.

"어딜 선택하지?"

미리 교수 눈인사해야 함은 필수였다.

1지망은 평소 선망하던 정구홍 교수로 정했다.

나머진?

그냥 마음 내키는 대로 선택했다.

"자, 이제 안면 익혀야 하나?"

골치 아픈 과정이 줄줄이 이어졌으나 하나씩 풀어간 주찬의 발걸음이 점점 가벼워졌다.

'떨리네.'

면접 시험장 의자에 앉은 주찬은 묵묵히 앞을 바라봤다. 수험생들은 다들 긴장된 표정으로 대기실에 앉아 있었다.

'경쟁률이 치열하네.'

다른 대학원과는 달리 유난히 경쟁이 치열했다. 18대 1. 워낙 유망한 과라 대학원 경쟁도 치열했다.

하나둘씩 호명 받아 면접실로 들어갔다.

'장인정신의 마음으로.'

그 일념 하나였다.

"이주찬 씨."

드디어 치례기 왔다.

“조금 더 공부할걸.”

작은 후회감이 들 정도였지만 어차피 현실적으로는 불가능했다.

‘하늘에 맡겨야지.’

생각을 마음에 품고 조용히 교수들이 기다리는 사무실로 들어갔다.

“이주찬입니다.”

당당하게 인사했다.

교수 네 명이 예리한 시선으로 노려봤다. 그중 나이가 제일 많아 보인 정구홍 교수가 빙그레 웃었다.

“또 보네.”

“계속 보셔야 할 겁니다.”

“오호, 자신이 만만하군. 그럼 시작하지.”

그때부터 지옥문이 열렸다.

“유전자와 바이러스의 상관관계에 대해 말해보게.”

질문이 떨어지자 마른침을 삼키고 아는 대로 천천히 설명했다.

“유전자…….”

하나를 풀었으나 연신 쏟아지는 질문에 혼이 다 빠져나갈 지경이다.

다 알 수는 없다.

드디어 막힌 질문이 나왔다.

“바이러스를 이길 방법이 있다면 무엇인가?”

“그게……..”

하지만 모르는 건 모르는 거다. 아무리 봐도 모르는 것을 억지로 설명하자니 입이 자물통처럼 닫히고 머리가 깨질 지경이다.

‘좀 더 공부할걸.’

다시 한 번 후회감이 들었지만 어차피 엎질러진 물이다. 그때 정구홍 교수가 싱긋 웃었다.

“모르지?”

“그건 모르겠습니다.”

“나도 몰라.”

“네?”

“그거 알면 바이러스가 많이 서운해할 거야. 수고했네.”

정구홍 교수 말에 비로소 일어섰다. 자신의 한도 내에서 최선을 다해 답변하고 면접실을 나섰다.

합격 여부를 떠나 홀가분한 기분으로 이젠 두 번째 일을 처리할 차례였다.

“합격은 나중 문제고.”

바로 대전으로 발길을 돌린 주찬이었다. 주찬은 미리 만난 부동산중개인을 제일 먼저 만났다.

이미 부동산중개인을 통해 옆 가게에 들어왔던 사람이 장사가 안 돼 나가 비었단 소식에 기뻤다.

“아직 들어오겠단 임자가 없어 비었지. 한 넉 달 된 거 같지.”

“다행이네요.”

“하하, 자네가 얻는다면 그렇지.”

부동산중개인이 웃으며 대답했다.

문제는 자금력이다.

수중에 있는 돈은 모두 1억 천만 원. 1억 원을 보증금으로
주고 나면 가게를 꾸미는 인테리어 비용이 절대적으로 부족했
다.

“주인 분을 뵙겠습니다.”

“가세나.”

부동산중개인과 함께 주인을 만나자 주찬은 고개부터 깊이
숙였다.

“안녕하세요. 사장님 건물에 있는 슈퍼 주인 아들 이주찬입
니다.”

“그래, 자네였구먼. 많이 컸네.”

주인은 오랫동안 말썽 한번 피우지 않고 지내온 슈퍼를 잘
기억하고 있었다.

“우리 옆 상가가 임대 나온 것 때문에 찾아뵈었습니다.”

“그 상가? 커서 부담될 텐데.”

역시 주찬 부모 형편을 짐작한 주인 말이다.

“제가 그 가게를 임대하고 싶은데요.”

“그럼 하면 되지 않나?”

느긋한 주인의 말에 주찬이 사정 이야기를 했다.

“하지만 1억 보증금을 주고 나면 슈퍼를 크게 확장할 시설

비가 좀 부족합니다."

"슈퍼를 확장해?"

깜짝 놀란 주인이었다.

"예, 사장님도 아시다시피 저희가 그 슈퍼에서 나온 수익으로 공부하고 살았지 않습니까. 그런데 이번에 좀 크게 확장하려고요."

"밑에 있는 슈퍼 때문인가?"

역시 눈치 빠른 주인 말에 주찬이 맞장구쳤다.

"예, 맞습니다. 어떻게 조금 도와주시면 안 되겠습니까? 물론 지금 보증금을 좀 내려주시면 나중에 꼭 갚아드리겠습니다. 제가 버는 돈이 있거든요."

바로 통장을 내민 주찬이었다.

"이게 서울에서 다니는 학원에서 준 월급입니다."

설명하는 주찬은 아랑곳하지 않고 통장에 적힌 액수만을 확인한 집주인이 깜짝 놀라 말했다.

"아니, 무슨 돈을 이렇게 많이 버나?"

"학원 수학 강사를 하고 있습니다."

"잘하는 모양이네. 그래서 그 가게를 임대하려는 건가?"

"그렇습니다. 좀 도와주십시오. 한두 달 정도만 더 있으면 나머지 보증금도 마련할 수 있습니다만."

가만히 듣던 주인이 한참 만에 쾌히 승낙했다.

"음… 그럼 이렇게 하도록 하지. 일단 보증금을 3천만 원 내려줄 테니까 월세 30만 원을 더 내게. 나중에 3천만 원을 다시 주면 월세를 내려주도록 하지."

"감사합니다."

"감사하긴, 어차피 똑같은 결과 아닌가?"

결과는 같았지만 주찬의 입장에서야 너무나 고마운 일이었
다. 당장 삼천만 원이 남으면 인테리어 비용이 넉넉했다.

"은혜, 잊지 않겠습니다."

"그럼 계약서를 쓸까?"

그리고 호기당당하게 보증금 난에 1억을 쓴 주인이었다.

"아니, 7천만 원밖에 안 드릴 건데."

"3천만 원도 줄 거 아닌가? 돈 잘 버는데 믿어보지."

통장에 찍힌 숫자를 보고 왠지 신뢰가 가는 모양이었다.

'역시 사람은 능력이 있고 봐야 돼.'

주찬이 속으로 미소를 지으면서 임대계약서를 작성했다.

"그럼 잘해보게."

주인이 인사를 하고 손을 내밀었다.

"성공하겠습니다."

"암, 그래야지. 내 집에서 다 부자 돼야 좋지."

겪어보니 나쁜 주인은 아니었다. 왜 그리 어머니가 칭찬했
는지 이해가 갔다.

부동산중개인에게 수수료까지 깨끗하게 다 지불하고 난 주
찬은 흐뭇한 마음으로 집으로 향했다. 집 앞에서 순간 주찬은
얼어붙을 수밖에 없었다.

"어? 저건 뭐야?"

분명히 닫은 줄 알았던 슈퍼가 영업을 하고 있었다. 물론 그 안에는 어머니의 얼굴이 얼핏얼핏 비추고 있었다.

"엄마."

"어, 주찬이냐?"

"아니, 슈퍼 아직도 하고 있었어요?"

"그럼 해야지. 놀면 뭐하니."

"아니, 적자 보신다고 그랬잖아요."

주찬이 묻자 어머니가 빙그레 웃었다.

"우리 장남이 버티라는데 버텨야 되지 않겠어?"

그 한마디에 주찬은 아무 말 없이 어머니를 끌어안았다.

"어머니."

모자 간의 정을 나누는 순간 아버지의 목소리가 들렸다.

"왔어?"

"네, 아버지."

얼른 떨어져 인사한 주찬을 보고 아버지가 말했다.

"밥 먹었냐?"

"그전에 드릴 말씀이 있는데요."

"해봐."

여전히 깐깐해 보였기에 주찬이 긴장하며 계약서를 담은 봉투를 내밀었다.

"이거 받으세요."

"이게 뭐냐?"

내미는 서류를 꺼내보던 아버지가 깜짝 놀랐다.

“아니 이건 옆집…….”

“옆집 임대계약서입니다.”

“왜 임대했어?”

꼬장꼬장한 성격이 그대로 나왔다. 이미 대비하고 있던 주찬이 얼른 대답했다.

“수익은 반씩입니다.”

“반이라니?”

“아버지가 일하셔야 하니 반, 투자한 저도 반입니다.”

가만히 노려보던 아버지가 드디어 입을 열었다.

“취소해.”

“계약금 날아가는 거 아시죠? 백날 땅 파도 그 돈 안 나옵니다.”

이번엔 주찬도 만만치 않았다. 그 말에 움찔한 아버지였다.

계약.

취소하면 계약금으로 건 돈은 끝이다. 다시 계약서를 바라본 아버지가 혀를 찼다.

“완전히 고의적이네.”

“혹시 몰라 많이 걸었죠.”

계약금이 무려 삼천만 원이다. 그냥 던져 버리긴 너무도 큰 금액이다.

아버지가 고심하는 듯했지만 결론은 하나였다.

“어쩔 수 없구나.”

"이제 우리 슈퍼 크게 확장해서 밑에 있는 자식들하고 한번
붙어봐야죠. 이 정도 평수면 충분하겠죠?"

가만히 바라보던 아버지가 낮게 한마디 했다.

"하나 묻자. 너 무슨 돈으로 이걸 했어?"

"저 학원 강사로 돈 많이 법니다. 그리고 이 슈퍼, 부모님에
게도 중요하지만 저에게도 소중한 곳 아니겠습니까?"

"……."

순간 세 사람은 누구도 입을 열 수 없었다.

저녁에 아르바이트를 마치고 돌아온 동생 민찬과 여동생 혜
리도 사정 얘기를 듣고 깜짝 놀라 주찬을 바라봤다.

"형."

"오빠."

주찬은 입꼬리를 살짝 올리며 말을 돌렸다.

"자 이거 받아."

주는 건 두 사람 통장이었다.

"이거 왜?"

"지금 그게 중요한 게 아니고 이제 우리 슈퍼 어떻게 꾸미고
운영하는지가 더 중요해."

"형, 무슨 계획이라도 있어?"

이민찬이 흥분된 목소리로 묻자 고개를 끄덕인 주찬이 천천
히 설명했다.

"너희도 알다시피 밑 슈퍼마켓은 대기업 체인이야. 그들과

공산품으로 경쟁하는 건 정말 어려워. 안 그래?"

"그럴 거야. 걔들은 본사에서 싸게 물건을 주잖아."

"그래서 내 생각인데, 우리 슈퍼마켓은 서비스와 농수산물로 승부를 걸자."

"농수산물이라면?"

민찬의 눈이 번쩍였다.

"정말 좋은 농산물하고 수산물을 싸게 가져오는 거야. 밑에 가서 봤더니만 농수산물은 약한 거 같았어."

"그건 그래. 그런데 그걸 어떻게 알아봐?"

"내가 무슨 수를 써서라도 공급해 줄게. 그리고 또 하나가 있어. 일단 여태까지의 영업 방침을 바꿔서 말이야, 손님들이 주문하면 집으로 갖다 주는 서비스도 하자고."

"누가 해?"

"너희들, 아르바이트 하고 있지?"

"그렇지."

민찬이 대답하자 주찬이 바로 말했다.

"그거 그만두고 집안일을 도와. 오토바이를 사줄 테니까 민찬은 고객 집에 갖다 주고 혜리는 가게에서 어머니와 함께 일을 도와서 손님들을 맞이해. 물론 아르바이트 비는 장사가 잘 되면 부모님이 주실 거고, 아니면 내가 줄게."

"오빠."

당당한 주찬의 말에 두 동생은 압도되는 듯했다.

"일단 내일부터 바로 인테리어 작업에 들어갈 테니까 그렇게 알고 아르바이트 당장 그만 둬."

주찬의 결심이 단단한 것을 보자 동생들은 아무런 말도 하지 못했다.

다음날 주찬이 부탁한 인테리어 업자들이 바로 들이닥쳐 가게를 리모델링하기 시작했다.

뚝딱뚝딱.

업자들이 움직이던 모습을 보고 있는 식구들 모두 상기된 표정이었다. 주찬은 팔짱을 끼고 지켜보다가 들어가서 말했다.

"이쪽은 약간 하얀색 톤으로 해주시고요, 저쪽은 약간 푸른 톤으로 해주세요."

"그렇게 해드리죠. 아따, 젊은 친구가 감각이 있네."

인테리어 업자가 감탄했다.

'감각은.'

책을 보고 수도 없이 연구해 온 결과일 뿐이다. 인테리어 공사를 하는 동안 주찬은 쉬지 않았다.

"아버지, 가시죠?"

"어딜?"

"농수산물은 가만있으면 온답니까? 발로 뛰어야지요."

"거참."

헛기침을 연신 내뱉는 아버지와 함께 차에 오른 주찬이었다.

이후 항구와 농산물 집산지를 쏘다니기 시작했다.

"아저씨, 좀 싸게 해주세요. 항상 구매는 칼같이 현금 결제 해드릴게요."

"젊은 친구가 끈질기네."

질렸다는 듯이 바라본 수산물 도매업자였다.

"없는 사람끼리 돕고 살아야 되지 않습니까?"

넉살을 부리자 도매업자가 빙긋 웃고 말했다.

"그럼 결제는 항상 현금 결제요!"

"확실합니다. 해드릴게요."

"좋아요. 물 좋은 생선으로 보내 드릴게."

"꼭 그리해 주서야 합니다. 만약 그리 안 하시면 저 결제 안 합니다."

"아따, 젊은 친구 말 많네. 하기 싫음 말든지."

"농담이에요."

하나를 풀자 그다음은 농산물 집산지를 찾아다니면서 싸고 좋은 농산물을 찾는 데 집중했다.

말이 쉽지 무려 일주일에 걸친 강행군이었다.

"휴우."

마침내 모든 거래를 끝내자마자 어지간하면 지치지 않는 주찬도 지쳐서 얼굴이 꺼멓게 변했다.

그동안 지켜보던 아버지가 처음으로 물었다.

"힘들지 않았니?"

"이 정도는 해야죠. 돈 벌기가 어디 쉽나요?"

“관두고 네 일이나 하지?”

“그게 무슨 말씀이세요. 많이 벌어야 집이 빨리 필 거 아닙니까?”

주찬의 주장이었다. 사실 주찬이 이렇게 고생하면서 슈퍼를 살리려 애쓰는 건 다 이유가 있었다. 일단 집이 안정되어야 자신도 편하다.

언제까지 퍼준다는 건 그건 자신은 물론 가족들에게도 좋은 일이 아니다. 그 마음 하나로 끈기있게 버텼다.

‘이번 한 번만 하면 돼.’

다시 대전으로 돌아오자 가게는 벌써 멋들어진 슈퍼마켓으로 변해 있었다. 인테리어의 놀라운 변신이었다.

“멋지지 않니?”

어머니가 짐짓 감탄한 듯이 말했다.

“이제 시작하시죠. 과자나 공산품 같은 건 어머니가 다 아시겠죠?”

“이미 다 오기로 했어.”

자신만만한 어머니의 목소리였다. 어차피 거래하던 거래처가 있는 터라 그것은 어렵지 않았다. 어느덧 가게 안에 냉장고와 냉동고가 들어와 있었다.

“저건 또 뭡니까?”

“저건 으레 주는 거야. 그런데 가게가 커지니까 더 큰 걸로 주네?”

어머니 어깨가 잔뜩 올라간 모습이다. 작은 슈퍼마켓에서
대형으로 변하자 얼굴에 생기가 돌았다.
  '그래, 그 모습이 보고 싶었어요.'
  겉으로 말하지 않은 주찬의 속마음이었다.

Chapter 08
작은 소원

슈퍼 확장 때문에 생고생이었다.

미리 전태진 원장에게 양해를 구했지만 미안한 건 사실이었다.

"다음 주에 죽었네."

학원 강의를 모조리 다음 주로 미룬 일이 곧 바쁜 현실로 닥쳐올 판이었다. 그래도 노력한 결과가 드디어 나왔다.

드디어 오픈 전날, 모든 공산품이 들어왔고 내일 새벽이면 생선과 농산물이 들어오기로 약속돼 있다.

저녁때 주찬은 식구들을 모아놓고 말했다.

"이제부터 파이팅하는 겁니다."

"자식 잘 돼서 말이야."

“어머니가 잘 키워주신 덕분이죠.”

서로에게 공을 돌리는 가족의 모습이었다. 옆에 있던 두 동생도 빙그레 웃으며 마냥 기쁜 표정이었다.

“시작해 보자고.”

오직 그 마음뿐이었다.

새벽이 되자 약속한 대로 바로 수산물을 실은 탑차가 들어왔다. 그 뒤를 이어 야채를 실은 차가 연이어 들어왔다.

“이쪽에 놔주세요.”

식구들이 모두 총동원되어 농산물과 수산물을 진열하느라 정신이 하나도 없었다.

“커피 마실 시간도 없네.”

이민찬이 투덜거렸지만 표정은 밝았다.

좀 더 나아진 생활을 위한다 생각하니 한결 힘이 나는 모습이다.

“자식.”

주찬도 상자를 나르기에 여념이 없었다.

새벽 4시에 들어온 차에서 물건을 내려 진열을 마치고 나자 거의 6시가 다 됐다. 식구들이 지쳐 입에서 허연 김을 뿜어내며 땀을 훔쳤다.

“힘드네.”

아버지의 말에 얼른 가서 어깨를 주물러 주는 주찬이었다. 어머니는 벌써 혜리가 따라붙어 살짝 안마해 주고 있다.

“어머니, 이제 어엿한 슈퍼 사장님이세요.”

"전에도 사장이었단다."

"이젠 대형 슈퍼요."

자식들을 말없이 바라보는 부모. 그 눈빛 하나만으로도 충분히 만족했다. 드디어 새벽이 열리고 길 가던 동네 사람들이 깜짝 놀란 표정으로 들여다봤다.

"어머! 여기 슈퍼 커졌어. 들어가 보자."

말과 함께 아주머니들이 들어와 보더니만 눈이 휘둥그레졌다.

"세상에, 이렇게 싱싱한 시금치가."

"이거 봐. 고기가 펄떡펄떡 뛸 거 같아."

행복한 표정이다. 대전은 사실 내륙지방이라 수산물 싱싱한 게 들어오는 건 지극히 드문 일이었다.

특히 이마트 등 대형마트보다 더 싱싱한 농수산물을 보곤 주부들의 눈이 돌아가기 시작했다. 하나둘씩 몰려오는 손님들. 어머니의 표정에 환한 미소가 걸렸다.

"어머니, 이제 좀 있으면 다른 손님들이 올 거예요."

"손님이라니?"

"기다려 보시면 압니다."

오전 10시가 되자 약속한 사람들이 몰려왔다.

"저희 부르셨죠?"

"예, 여기서 해주세요."

그러자 바로 풍선이 세워지고, 미니스커트를 입은 도우미 두 명이 내려서고, 앰프도 내려섰다.

“이게 뭐냐?”

“개업 축하 파티는 해야 될 거 아니에요?”

주찬의 말에 어머니가 멍한 표정이었다.

곧 음악이 들리고 도우미들이 춤을 추기 시작했다.

“자!!”

떠드는 도우미의 목소리에 길 가던 동네 주민들이 하나둘씩 몰려들기 시작했다.

평소 알았던 어머니의 안면이 여기서도 발휘됐다. 도우미의 역할로 사람들의 눈길을 끌어 모으고 손님들의 발길이 점점 많아졌다.

그날 저녁 식구들은 안방에서 돈다발을 세느라 정신이 없었다.

“세상에, 매출이!”

“얼마 팔렸어요?”

“160만 원.”

어머니로선 꿈에 그리는 숫자다. 하지만 주찬의 목표는 그게 아니었다.

“일 매출이 300만 원은 돼야 해요. 그래야 동생들 인건비라도 나오죠.”

“그랬으면 얼마나 좋겠니.”

“그렇게 될 거예요. 도우미가 삼 일 동안 오기로 됐으니까 그동안 많이 끌어 모아야죠.”

“돈 많이 들지 않았어?”

"그 정도 여유는 있어요. 그리고 또 벌면 돼요. 이따가 도우미가 올라갈 때 같이 따라 올라갈 생각이에요."

더 이상 말하지 않는 식구들이었다. 하지만 눈빛에는 감사의 눈빛이 흘렀다.

삼 일이 지나자 점점 더 매출은 올라갔다. 틈틈이 옆에 있는 대기업 체인인 슈퍼를 찾아가 본 주찬이 씩 웃음을 지었다.

"자식들, 남의 눈에 눈물 나게 하면 너희들은 피눈물을 흘려야 돼."

전에 그토록 붐비던 슈퍼마켓이 한산하기 그지없었다. 사실 주부들이 가장 신경 쓰는 것이 농축산물이라는 데 머리를 쓴 주찬의 아이디어가 대성공을 거둔 순간이었다.

"이 정도면 안심해도 되겠지?"

다시 슈퍼로 돌아온 주찬은 식구들을 불러 모으고 한마디 했다.

"이렇게 항상 친절하셔야 됩니다. 그리고 생선 같은 게 제대로 안 올라오면 꼭 말씀해 주세요."

"주찬아."

어머니가 손을 잡았다. 주찬은 빙그레 웃으며 어머니 손을 마주 잡았다.

"잘될 겁니다."

모처럼 가족들 얼굴에 따사로운 햇살이 내리쬐는 순간이다.

그때였다.

"아, 오늘이 합격자 발표일이지?"

불쑥 기억난 주찬이 밖으로 나와 스마트폰으로 검색했다.
막상 합격자 이름을 보자니 떨리는 건 인지상정이었다.

눈을 질끈 감고 수험번호를 찾았다.

드디어.

1184번 이주찬.

이름이 있다.

피가 머리에 온통 쏠리는 기분이다.

"서울대학생이 된 건가?"

자타가 공인하는 대한민국 최고 명문대의 일원이 됐단 기쁨
이 온몸에 느껴졌다.

부르르 떨리는 몸.

긴가민가 조마조마한 심정이었기에 더더욱 기쁨은 컸다.

그러나 이내 냉정을 찾았다.

"길은 멀어."

이제 시작이다.

혹시 몰라 이번엔 서울대학교에 직접 전화했다. 수험번호를
이야기하자 직원이 가벼운 음성으로 설명했다.

"이달 25일까지 등록금을 납부하시면 됩니다. 다시 한 번
축하드립니다."

"정말 감사드립니다. 복 받으세요."

자신도 모르게 덕담이 나오는 주찬의 얼굴이 한없이 확 피었다.

눈치 빠른 이혜리가 얼른 다가섰다.

"무슨 일이야, 오빠?"

"어, 대학원 합격했대."

마치 남의 일 이야기하듯 덤덤한 주찬의 말에 살짝 놀란 이혜리였다.

"대학원 시험 봤어? 어디 대학원 시험 봤는데?"

이혜리의 눈도 기쁨에 반짝반짝 빛나고 있었다.

"서울대학원."

"서울대학원? 서울대학교 말하는 거야?"

"그래."

담담한 말투였다. 그러나 이혜리는 달랐기에 얼른 어머니에게 달려갔다.

"엄마, 오빠가 서울대학에 합격했대!"

"뭐?"

놀란 어머니가 주찬에게 달려왔다.

"아이고, 내 아들, 장하다."

바로 껴안고 들어오는 어머니였다. 옆에 있던 아버지와 이민찬도 눈이 커졌다.

"아니, 서울대학에 합격했다는 거야?"

"재수가 좋았어요."

"음."

아버지도 비록 표정은 없었지만 기쁜 얼굴로 변했다. 옆에 서 있던 이민찬이 슬쩍 물었다.

"형이 서울대학에 들어갔단 말이야?"

"그래. 너도 열심히 공부해서 우리 삼남매 멋들어지게 살아 보자."

솔직한 이야기였다. 세상 살면서 멋지게 살고 싶은 욕망이 설마 없겠는가? 주찬의 눈에는 해보겠다는 열의가 불타올랐다.

이민찬이 궁금한 듯 물었다.

"도대체 형, 언제 시험 본 거야?"

"일 년 동안 준비했어."

"무슨 과인데?"

"자연대학 생명과학부야."

주찬의 말에 더 놀란 민찬이 소리쳤다.

"힘들었어?"

"어. 코피 터진 거 안 보이냐?"

콧구멍을 크게 들춰 보이는 주찬의 너스레에 이민찬은 물론 식구들이 모두 웃었다.

"하하!"

"호호호!"

그때 어머니가 한마디 했다.

"이렇게 경사스러운 날 그냥 올라가면 되겠니? 축하 파티라도 해야지."

“그럼요. 해야죠.”

“민찬아, 가서 술하고 안주 좀 사와.”

“형, 우리 집이 슈퍼야.”

“그렇구나. 그럼 집에서 갖고 오자. 10만 원 한도 내에서 팍 팍 쏠게.”

“아이, 치사하게 무슨 10만 원 한도야. 그냥 다 먹자.”

“그래, 다 먹자. 대신 외상이다.”

허물없는 농담을 하며 다시 집안으로 들어선 식구들이었다.

그날 집에서는 온통 웃음소리와 즐거운 대화가 한동안 이어 졌다.

다음날 아침 아쉬운 작별을 고하고 다시 서울로 올라와 주 찬이 제일 먼저 한 일은 입학금을 납부하는 일이었다.

“이제 시작이야.”

제대로 된 인생을 살기 위한 첫 단추를 순조롭게 펜 느낌이 다.

입학 준비를 서두르는 주찬이 뜬금없는 전화 한 통을 받았 다.

“이주찬입니다.”

“이주찬 선생님, 저 피연철입니다.”

대성학원 원장 피연철이었다.

“어떤 일이십니까?”

“어떻게 대학원은 합격하셨습니까?”

"예, 염려해 주신 덕분에 서울대학원에 입학했습니다."

"오. 서울대학원."

만족스러운 목소리였다.

"그런데 어쩐 일로……."

"그때 했던 얘기 잊었습니까? 대학원만 가시면 저희 학원에서 일하기로 하셨지 않습니까?"

순간 욱하는 기분이 든 주찬이다. 그때 냉정히 거절했던 피연철 원장이 이렇게 부드러운 목소리로 말하는 걸 보니 기분이 확 상했다. 그러나 주찬은 전과 달리 냉정하게 판단했다.

"받아주실 수 있겠습니까?"

"이제는 물론이죠. 이주찬 선생님, 그 동네에서 명강의로 유명하시다고 소문이 자자하던데요? 그 강의 실력을 우리 학원에서 발휘하신다면 좋겠습니다만."

"저도 그럼 영광이죠. 그런데 조건을 좀 물어봐도 되겠습니까?"

이제는 입장이 바뀌었다. 명색이 대한민국 최고 명문인 서울대학교 석사 과정에 합격한 몸이다. 이젠 그 누구에게도 꿀리고 싶은 마음 없었다.

묻자마자 피연철이 조심스레 제안했다.

"조건이라……. 5대 5 어떻습니까?"

"6대 4 그 이하는 절대 안 합니다."

그러자 피연철이 주춤했다.

"6대 4라……. 그건 유명한 강사들 외에 안 하는 조건인데
요."

"예, 그러기에 안 되면 저는 못 갑니다. 다른 학원을 알아보
겠습니다."

"아니 그러지 마시고 좀 얘기를 해보죠. 5대 5가 어떻습니
까?"

"6대 4 그 이상은 양보할 수 없습니다. 다시 한 번 생각해 보
시고 결정이 되시면 연락 주세요."

그걸로 전화를 뚝 끊어버린 주찬이 주먹을 불끈 쥐었다.

"세상은 모르는 거야. 그래서 즐겁지. 푸하하!"

자신도 모르게 커다란 웃음소리가 터져 나왔다.

피연철에게 다시 전화가 온 건 그날 오후 늦은 시간이었다.

"좋습니다. 6대 4로 하는데 단 실력이 소문처럼 못 따라줬
을 경우에 계약 해지합니다."

"어쩌죠? 방금 전 다른 학원과 계약했습니다."

"뭐라고요?"

잔뜩 화가 난 피연철의 목소리다. 주찬은 의미심장하게 웃
으며 말했다.

"죄송합니다."

"아니, 하루를 못 기다려요?"

"워낙 그쪽에서 간절히 부탁해서요."

"이 친구, 상종 못할 사람이네."

상당히 기분이 상한 목소리였다.

"조건이 좋아서요."

"알았어요."

거친 피연철 목소리.

그걸로 통화는 끝이었다. 당연히 대성학원 행도 없던 일로 넘어갔다.

"세상은 실력이야."

눈빛을 번쩍인 주찬의 눈에는 한 치의 흔들림도 없었다. 한 번 아픔을 준 사람에게 시원하게 한 방 먹였단 기쁨이 컸다.

이리 나온 건 한 가지 마음 때문이었다.

"은혜를 잊으면 개지."

전태진 원장이 보여준 호의를 잊을 순 없었다.

이젠 그다지 큰돈이 필요하지도 않기에 욕심도 자제했다. 솔직히 돈보다 더 하고픈 일이 있기에 가능한 일이다.

이젠 강의도 몸에 익어 아주 자연스러웠다.

오늘도 학생들에게 열강하고 막 주차장으로 들어서는데 시끄러운 소리가 들렸다.

웅성웅성.

앞에 사람들이 모여 있는 모습이 보였다.

"사고 났나?"

고개를 갸웃거리던 주찬이 마치 벼락이라도 맞은 듯 온몸을 부르르 떨었다.

"저건!"

눈앞에 보이는 건 분명히 선명한 흰색 오로라였다. 한동안 보지 못했기에 더욱 놀랍고도 반가웠다.

멍하니 바라보던 주찬이 째지는 소리를 듣고 깜짝 놀랐다.

"꺄아악!"

비명 소리와 함께 여자들이 옆으로 피하느라 정신이 없었다.

그 앞에 비교적 작은 키의 남자 한 명이 시퍼런 과도를 들고 마구 휘두르는 것이 아닌가?

점점 더 다가오는 건 하얀 오로라를 보인 여인 쪽이었다.

"이런 빌어먹을!"

주찬은 반사적으로 몸을 튕겨 달려나갔다. 남자가 과도를 들고 여인에게 달려들었다. 거리는 불과 10미터, 주찬이 달려갈 거리는 30미터가 훨씬 넘었다.

"이야~"

사력을 다해 달려가는 주찬. 거리를 따라잡아야만 했다. 그런데 주찬의 눈에 또 하나가 보였다.

'저건 또 뭐야?

갑자기 옆쪽에서 피어나는 오로라 하나가 또 보였다. 흘낏 보니 이번엔 여고생이었다.

아찔했다.

구해야 될 사람은 둘, 몸은 하나.

‘어쩌란 거야?

아찔했지만 일단 무작정 달렸다.

이마로 진땀이 주르륵 흘러내리더니 이내 입안의 침이 바짝
말랐다.

『1월 0일』 2권에 계속…

2011년 대미를 장식할
준.비.된. 작가 정민교의 신무협이 온다!
『낭인무사(浪人武士)』

"죄수 번호 사천이백삼, 담운!"
"……!"
"출옥이다."

만두 하나.
고작 그 하나에 이십 년 옥살이를 한 소년, 담운.
그 답답하고 억울한 마음을 풀어낸다!

무림맹! 구대문파! 명문세가!
겉만 번지르르한 놈들은 다 사라져라!
겉과 속이 다른 너희들을 심판하러 내가 왔다!